Sie und Er

Ehedialoge

aus dem wahren Leben

um die wahren Werte

von

Johann Henseler

Inhalt

Prolog 1

Als Schuldiger geboren,

zum Prügelknab´ erkoren,

verantwortlich für alle Pleiten,

kritisiert von allen Seiten,

so leidet dieses Opferlamm

mit dem Namen: Ehemann.

Prolog 2

Sympathisch, offen, nettes Wesen,

klug, bescheiden und belesen,

die kennt sich aus, wie man genießt,

die jünger aussieht als sie ist,

schmückt die Wohnung mit Geschmack,

ist auch geistig schwer auf Zack

putzen, kochen, Hausarbeit,

dazu ist sie stets bereit,

treu, leidenschaftlich, gut gekleidet,

die Unanständiges vermeidet,

sparsam, umsichtig, verlässlich,

begehrenswert, nur nicht hässlich:

So muss sie sein, verlangt der Mann,

doch hält er sich nicht selber dran.

1. Einen ausreden lassen

Er: „Also, ich erzähle euch jetzt mal, welche Folgen es hatte, dass wir einen neuen Schuhschrank gekauft haben. Wir hatten im kleinen Flur…"

Sie: „…also in der Diele, wenn man rein kommt…"

Er: „…einen braunen…"

Sie: „…mit Nussbaum furnierten…"

Er: „…Schuhschrank stehen, den wir schon als Hochzeitsgeschenk seit unserer Hochzeit besaßen."

Sie: „Von wegen! Den haben wir selbst gekauft, damals, für 350 DM, was viel Geld war. Aber er war ungemein praktisch, er hatte…"

Er: „Das ist doch jetzt egal! Jedenfalls war er recht unansehnlich, sein Lack war abgestoßen…"

Sie: „Du verrätst ja schon alles!"

Er: „Was soll ich nicht verraten?"

Sie: „Dass er lackiert ist."

Er: „Warum nicht?"

Sie: „Wenn er nicht lackiert gewesen wäre, hätten wir ihn womöglich behalten!"

Er: „Wenn er nicht lackiert gewesen wäre, dann hätte er ja noch schrecklicher ausgesehen."

Sie: „Aber dann hätten wir ihn lackieren können."

Er: „Und warum haben wir ihn nicht lackiert?"

Sie: „Weil er schon lackiert war! Du hast das alles nicht kapiert, am besten erzähle ich weiter. Aber fall mir nicht dauernd ins Wort, wie du das sonst immer machst."

2. Richtig informieren

Sie kommen in dem Ferienapartment an der Ostsee bei schneidender Kälte an. Die Terrassentür schließt nicht vollständig.

Sie: „Da pfeift ja so der Wind rein, da könnte man ja Drachenfliegen. So kriegen wir das hier aber nicht warm."

Er: „Wir müssen die Rille irgendwie stopfen. Gib mir mal ein Handtuch."

Er erhält ein Handtuch und klemmt es zwischen Tür und Rahmen.

Sie: „Das reicht nicht. Es zieht von oben bis ganz unten."

Er holt kleingerissene Stofflappen, die eigentlich als Einmalwaschlappen gedacht sind, und steckt sie in die Rille. Zusätzlich reißt er Zeitungen auseinander, faltet sie schiebt sie auch hinein. Schließlich ist er fertig. Die Terrassentür ist eigenartig verziert.

Sie: „Du hast mir gar nicht gesagt, was du mit dem guten Handtuch machen willst."

Er: „Was soll das heißen?"

Sie: „Die Rille zwischen Rahmen und Tür ist bestimmt ganz dreckig."

Er: „Wahrscheinlich."

Sie: „Wenn ich das Handtuch noch retten soll, muss ich es jetzt einweichen."

Er: „Soll das heißen, dass du jetzt das Handtuch wiederhaben willst?"

Sie: „Ja!"

Er: „Dafür muss ich die Tür öffnen. Dann fällt aber die ganze andere Isolierung herunter."

Sie: „So ist das eben, wenn man einen nicht richtig informiert. Die Arbeit, die du dadurch hast, hättest du dir sparen können!"

3. Schnell sein

Er: „Bist du fertig? Können wir jetzt endlich fahren?"

Sie: „Ja!"

Nach 10 Minuten.

Er (mit gereizter Stimme): „Bist du immer noch nicht fertig? Ich warte schon seit 10 Minuten. Angeblich warst du da schon fertig."

Sie: „Mal wieder typisch. Du stehst rum, während ich alles machen muss. Soll ich es dir aufzählen? Ich musste die Einkaufstaschen holen, dann..."

Er: „Ich will gar nicht wissen, was du alles noch machen musstest. Aber wenn du sagst, dass du fertig bist, erwarte ich auch, dass du fertig bist. Während der Zeit unserer Ehe habe ich bestimmt zusammengerechnet drei Jahre gewartet, bis es endlich losging."

Sie: „Dafür hast du vor der Ehe, als wir und kennen lernten, noch nicht einmal eine Woche gewartet, bis es losging!"

4. Ahnung haben

Als gute Kundin der Postbank erhält sie einen Kalender, auf dem jedes Monatsbild zusätzlich mit ihrem Namen verziert ist, eine Brezel, Gießkannenwasser, Gebirge tragen in den verschiedensten Variationen ihren Namen Alwine.

Sie: „Was für dämliche und dilettantische Fotos, und auf jedem wird auch noch mein Vorname, den ich noch nie leiden konnte, verwurstet. Wenn sie ja wenigstens meinen zweiten Vornamen Luise genommen hätten und nicht diesen schäbigen: Alwine."

Ihre jüngste Tochter: „Deine älteste Tochter Astrid hat auch einen Vornamen, den sie nicht leiden kann. Und sie hat keinen zweiten Vornamen."

Sie: „Sollte ich sie etwa nach der Patin Astrid Angelika nennen? Außerdem liegt dieser Fall anders!"

Er: „Wieso liegt der Fall da anders?"

Sie: „Astrid ist ein schöner Name. Die Astrid hat nur keine Ahnung! Sogar unser Hund hieß früher so!"

5. Einem etwas Gutes raten

Sie und er bereisen Südspanien. Am Ende eines heißen Tages sind beide durchgeschwitzt.

Sie: „Möchtest du morgen ein neues Hemd anziehen?"

Er: „Ja, bitte!"

Sie: „Eins mit kurzen oder langen Ärmeln?"

Er: „Eins mit langen."

Sie: „Es wird aber morgen sehr heiß. Möchtest du nicht lieber doch eins mit kurzen Ärmeln?"

Er: „Ich friere so schnell. Eins mit langen ist besser.

Sie: „Bei dem Wetter kann man nicht frieren. Kurze wären besser!"

Er: „Warum fragst du mich überhaupt, wenn du sowieso weißt, was für mich besser ist?"

Sie: „Ich berate dich nur, und es ist mal wieder typisch, dass du nicht auf mich hörst!"

Er: „Um des lieben Friedens willen, nehme ich das mit kurzen Ärmeln."

Sie: „Du sollst sagen, was du möchtest, nicht das, von dem du annimmst, dass ich es möchte. Und du möchtest eins mit langen Ärmeln, also kriegst du eins mit langen Ärmeln, obwohl das unvernünftig ist."

Kurz danach hören sie den Wetterbericht, der eine noch größere Hitze ankündigt.

Sie: „Siehst du jetzt ein, dass kurze Ärmel besser sind?"

Er: „Nun gut, ich nehme dann doch eins mit kurzen Ärmeln."

Sie kramt im Koffer.

Sie: „Ich sehe gerade, dass ich die mit kurzen Ärmeln vergessen habe einzupacken. Aber du wolltest ja sowieso eins mit langen."

6. Spontan sein

Sie und er laufen durch ein Altbauviertel von Köln - Sülz.

Er: „Du meinst doch, dass ich zu oft und zu lange überlege, also nicht spontan genug bin. Jetzt kannst du ja mal beweisen, dass du spontan bist."

Sie: „Was hast du denn für einen großartigen Test für mich?"

Er: „Wir gehen in irgendein Haus, läuten an irgendeiner Wohnung und fragen, ob wir uns bei einer Tasse Kaffee etwas miteinander unterhalten können."

Sie: „Und wann willst du das machen?"

Er: „Jetzt sofort, mit dir, wenn du den Mut dazu hast. Such dir das Haus aus, in das wir gehen."

Sie: „Wie wär´s mit diesem?"

Sie zeigt auf den nächststehenden Altbau.

Er: „Nehmen wir den nächsten, der ist größer, da haben wir mehr Auswahl."

Sie: „Gut."

Sie gehen zum nächsten Altbau.

Sie mustert die Namen auf den Klingeln.

Sie: „Da gibt es zweimal Schmitz und einmal Schmid, das ist uninteressant."

Er: „Hier steht auch Huhn. So nenne ich dich doch manchmal. Vielleicht wohnst du ja da."

Sie drückt auf die Klingel von Huhn.

Die Tür wird geöffnet. Er tritt in das Treppenhaus.

Sie: „Willst du wirklich da hoch?"

Er: „Nicht allein! Wir gehen beide da hoch, oder machst du einen Rückzieher?"

Sie steigen die Treppen zum dritten Stock hoch.

Die Wohnungstür von Huhn ist noch geschlossen.

Sie: „Willst du da jetzt wirklich nochmal läuten?"

Er: „Ja, selbstverständlich!"

Er läutet, während sie sich hinter ihn stellt.

Die Tür wird geöffnet, eine alte Dame tritt heraus.

Er: „Können wir zusammen eine Tasse Kaffee trinken und uns dabei etwas unterhalten?"

Die alte Dame lächelt erfreut: „Ach, Hans, ich habe dich ja schon lange nicht mehr gesehen. Und jetzt kommst du mich sogar mit deiner Freundin besuchen. Kommt rein, ich mach sofort Kaffee."

Sie begreift sofort, dass es sich um eine Bekanntschaft handelt. Während die alte Dame schon in die Wohnung vorgeht ...

Sie: „Du hast nicht bewiesen, dass du spontan bist, aber dass du gut bescheißen kannst, das hast du bewiesen!"

7. Vorsichtig sein

Sie: „Trinkst du überhaupt?"

Er: „Ja, natürlich!"

Sie: „Wenn ich zwei Flaschen getrunken habe, bist du immer noch nicht mit einer fertig."

Er: „Ich trinke eben etwas langsamer."

Sie: „Ich hole mir jetzt eine neue Flasche. Soll ich dir eine mitbringen?"

Er: „Ja!"

Sie: „Lass mal sehen, wieviel du noch in der Flasche hast. Da ist ja noch fast die Hälfte drin. Dann brauchst du jetzt keine neue Flasche."

Er: „Ich trinke die alte jetzt aus."

Sie: „Bestimmt nicht auf einmal. Ich bringe dir jetzt noch keine mit."

Er: „Warum fragst du mich dann überhaupt?"

Sie: „Da wusste ich noch nicht, wie viel du noch in der Flasche hast. Ich will ja nicht, dass du warmes und verschaltes Bier trinken musst. Wenn ich mit meiner neuen Flasche fertig bin, frage ich dich noch mal."

Er: „Kontrollierst du dann auch wieder den Bierpegelstand in meiner Flasche?"

Sie: „Es ist nur zu deinem Besten."

8. Technik beherrschen

Sie trinkt als alkoholisches Getränk nur Bier. Das Bier muss jedoch eiskalt sein, weil es sonst, ihrer Meinung nach, widerlich schmeckt.

Er: „Eben waren das doch noch mindestens 20 Flaschen Bier. Jetzt sind es nur noch 10. Wo sind die restlichen?"

Sie: „Die habe ich schon mal vorsichtshalber in das Tiefkühlfach gelegt, sonst sind die nachher, wenn wir was trinken, nicht kalt genug für mich."

Beim Biertrinken ersetzt sie die entnommenen Flaschen immer durch neue.

Er: „Soll ich dir eine Flasche Bier aus dem Eisfach mitbringen?"

Sie: „Nein, du kennst dich in der Kältehierarchie nicht aus. Nachher bringst du mir noch eine Flasche, die ich gerade neu ins Eisfach gelegt habe."

Mit der Zeit haben die ersten Flaschen schon recht lange im Tiefkühlfach gelegen. Sie öffnet ihre Flasche.

Sie: „Es kommt nichts raus. Ich muss die Flasche kacken lassen."

Sie dreht die Flasche nach unten und aus dem Flaschenhals schiebt sich ein langer Eispfropf heraus und plumpst ins Glas. Danach strömt eiskaltes Bier nach.

Sie: „Kann ich mal von deinem warmen Schlabberbier etwas zum Nachfüllen haben, dann löst sich mein Bier besser auf."

Am nächsten Morgen.

Sie: „Einer muss das Tiefkühlfach aufräumen."

Er: „Wie viele sind es diesmal?"

Sie: „Sechs. Aber nur vier sind geplatzt."

Er öffnet das Tiefkühlfach. Ein Biereisbrei mit grünen Flaschensplittern füllt fast den ganzen Raum aus.

Er: „Was für eine Sauerei!"

Sie: „Du weißt doch, dass ich das Ausräumen abends immer vergesse. Warum erinnerst du mich auch nicht daran?"

Er: „Ich habe es auch vergessen."

Sie: „Ja, dann musst du dich auch nicht wundern, wenn so eine Sauerei passiert. Die kannst du jetzt auch wegmachen."

9. Auf Gleichberechtigung achten

Sie gehen zusammen in die Kneipe. Zwei Männer hinter dem Tresen bedienen. Sie setzen sich an den Tresen.

Er: „Zwei Bier, bitte."

Die beiden Biere werden vor ihnen auf die Theke gestellt.

Sie: „Fällt dir was auf?"

Er: „Nein."

Sie: „Die Biere sind unterschiedlich hoch gezapft. Fällt dir jetzt was auf?"

Er: „Nein."

Sie: „Ich habe natürlich das schlechter gezapfte Bier. Das geht noch unter den Eichstrich. Deins nicht."

Er: „Das ist Zufall."

Sie: „Das ist ja klar, dass ihr Machos euch gegenseitig in Schutz nehmt."

Er: „Wenn dich das so stört, dann reklamier das doch."

Sie: „Das tu ich auch."

Zu einem der beiden Männer hinter dem Tresen.

Sie: „Könnte ich bitte das Glas bis zum Eichstrich gefüllt haben?"

Erste Bedienung: „Meine Dame, das Glas ist korrekt gefüllt, das werden sie sehen, wenn der Schaum sich abgesetzt hat."

Sie: „Da siehst du´s. Jetzt frag du mal."

Sie tauschen die Gläser. Er spricht die zweite Bedienung an.

Er: „Können Sie das Glas mal richtig voll zapfen?"

Kommentarlos zapft die zweite Bedienung nach.

Er: „Das ist ja nicht zu glauben."

Beim zweiten Bier erhält sie wiederum von der ersten Bedienung am Tresen ein ungenügend voll gezapftes Bierglas. Sie reklamiert das erneut, und sie erhält wieder dieselbe Antwort.

Sie nimmt ihre Kamera und fotografiert die Bedienung.

Erste Bedienung: „Warum fotografieren Sie mich?"

Sie: „Wenn ich schon kein volles Bier fotografieren kann, will ich wenigstens einen Volldeppen fotografieren."

Und an ihn gewandt:

Sie: „Schämst du dich eigentlich nicht, diesem Geschlecht anzugehören?"

10. Etwas Dringendes besorgen

Um im Wohnzimmer eine neue Decke anzubringen, muss es zunächst vollkommen ausgeräumt und als Unterkonstruktion ein Lattengerüst gebaut werden, das in die Betondecke festgedübelt werden soll. Die Betondecke ist jedoch so schief, dass die Latten unterfüttert werden müssen. Am besten seien Bierdeckel dazu geeignet, wie unser Trockenbauer uns informiert.

Er: „Haben wir Bierdeckel im Haus?"

Sie: „Massenweise."

Er: „Kannst du mir mal einen Stapel geben?"

Er erklärt ihr den Grund.

Sie: „Die sind in irgendeiner Umzugskiste, ich weiß aber nicht in welcher."

Er: „Also haben wir jetzt keine."

Sie: „Wir haben welche, aber wir wissen im Moment nicht, wo."

Er: „Das läuft im Ergebnis auf dasselbe raus."

Sie: „Etwas nicht haben oder etwas nicht finden ist etwas völlig anderes."

Er: „Wenn ich welche brauche und nicht kriege, dann ist es mir egal, ob ich sie nicht finde oder nicht habe."

Sie: „Wenn ich damals auf dich gehört hätte, als du alle wegwerfen wolltest, hätten wir jetzt keine, und wenn wir keine hätten, könnten wir keine finden."

Er: „Willst du denn in den Kisten danach suchen?"

Sie: „Nein, das sind zu viele Kisten. Aber ich könnte es!"

Er: „Suchen würde auch zu lange dauern. Unser Trockenbauer benötigt sie möglichst sofort."

Sie geht zu den nächst gelegenen Kneipen und Restaurants. Diese haben aber erst in zwei Stunden geöffnet oder weigern sich Bierdeckel abzugeben. Mit der kümmerlichen Ausbeute von 4 Bierdeckeln kehrt sie zurück.

Er: „Das ist viel zu wenig!"

Sie: „Das weiß ich! Man hat mir aber nicht mehr gegeben oder es war geschlossen!"

Er: „Das darf doch nicht wahr sein! Du bist wahrscheinlich zu defensiv aufgetreten. Ich fahre jetzt mit!"

Sie: „Ich bin mit meinem Tee noch nicht fertig. Ich kann das nicht so schnell wie du."

Er: „Ich trinke Kaffee!"

Sie: „Du trinkst nicht deinen Kaffee, du schüttest ihn glühend heiß hinunter. So etwas kann ich nicht! Ich fange auch gerade erst mit Teetrinken an!"

Er: „Das habe ich befürchtet!"

Sie: „Soll ich mir deinetwegen den Mund verbrennen?"

Er: „Ich versuche es schon mal in der Zwischenzeit allein zu Fuß."

Nach gut einer halben Stunde kehrt er zurück.

Er: „Hast du deinen Tee ausgetrunken?"

Sie: „Ja! Warum?"

Er: „Wir müssen in die Stadt fahren und Bierdeckel besorgen!"

Sie: „Hast du trotz deines entschiedenen Auftretens keine ergattert?"

Er: „Man hat mir keine gegeben oder es war geschlossen!"

Sie: „Das kommt mir irgendwie bekannt vor!"

Inzwischen haben die ersten Restaurants geöffnet. Als sie mit einem Stoß Bierdeckel zurückkommen, hat der Trockenbauer bereits eine andere Lösung gefunden.

11. Fehler zugeben

Er: „Brigittes ehemaliger Freund hat eine Arbeit über Gentrifizierung geschrieben."

Sie trägt ein Hörgerät. Brigitte ist verheiratet.

Sie: „Was? Ihr neuer Freund? Was redest du da?"

Er: „Ihr ehemaliger Freund."

Sie: „Du hast aber neuer Freund gesagt."

Er: „Woher weißt du, was ich gesagt habe? Kann es nicht sein, dass du das falsch gehört und verstanden hast?"

Sie: „ ‚Neu' und ‚ehemalig' haben ja gar keine Ähnlichkeit untereinander. Normalerweise nuschelst du oder sprichst zu leise, dann kann ich dich nicht verstehen. Aber diese Wörter haben unterschiedlich viele Silben, da kann ich mich nicht verhört haben. Also hast du dich versprochen."

Er: „Glaubst du, dass du besser hören kannst als ich sprechen?"

Sie: „Natürlich. Was mir Sorgen macht, ist, dass du aus Eitelkeit nicht zugibst, wenn du dich versprochen hast."

Er: „Ich muss nicht zugeben, was nicht den Tatsachen entspricht."

Sie: „Dann hast du wahrscheinlich schon vergessen, was du wirklich gesagt hast, und das nach dieser kurzen Zeit. Das ist wirklich besorgniserregend."

12. Achtsam sein

Sie: „Es wird Zeit, wenn wir noch rechtzeitig im Schwimmbad sein wollen."

Er: „Ich habe keine Lust."

Sie: „Du wirst immer fauler. Jetzt raff dich endlich auf und komm."

Er: „In 5 Minuten. Ich muss erst die Email fertigstellen."

Sie: „Das kannst du danach auch noch."

Sie wartet schlüsselklimpernd, bis er endlich kommt.

Sie: „Wir müssen mit dem Auto fahren, wenn von unserer bezahlten Stunde nicht schon die Hälfte vorbei sein soll, wenn wir ankommen."

Dennoch sind sie etwas zu spät.

Er: „Wir beeilen uns beim Umziehen und Duschen, dann haben wir die Zeit wieder herausgeholt."

Kurz danach sind beide im Schwimmbecken.

Nach 5 Minuten fasst sie sich ans Ohr und stößt einen Schreckensschrei aus.

Er: „Was ist? Hast du einen Hörsturz?"

Sie: „Ich habe noch ein Hörgerät an! Das ist jetzt bestimmt kaputt! Meerwasser! 2500€ sind futsch!"

Er: „Mal sehen, was du für einen Dreh findest, dass ich das schuld bin. Immerhin wollte ich gar nicht schwimmen gehen."

Sie: „Da brauch ich keinen Dreh zu finden. Du mit deiner Verzögerung und dann mit deiner Hetze, du hast mich völlig unter Druck gesetzt, da war ich so durcheinander, da habe ich vergessen die Hörgeräte auszuziehen. Da hast du einen ganz schönen Mist gebaut."

13. Sich von etwas trennen können

Sie: „Mein Vater hat alles weggeschmissen. Alte Bravos, alte Micky-Maus-Hefte, meine alten Spielsachen, alles weg. Es hat keinen gestört, nur meinen Vater, und der hat es, ohne zu fragen, einfach weggeworfen. Ich habe nichts mehr aus meiner Kindheit oder Jugend. Darum kann ich auch heute nichts wegwerfen."

Er: „Ja, das stimmt. Darum liegt auch so viel rum."

Sie: „Das meiste ist von dir."

Er: „Wenn ich etwas wegwerfe, machst du mir jedes Mal eine Szene, an deren Ende wieder etwas aus dem Müll herausgeholt wird."

Sie: „Was ich behalte, ist alles sinnvoll. Das Problem ist nicht, dass ich zu wenig wegwerfe, sondern dass ich zu wenig Platz habe."

Er: „Findest du nicht, dass ein ganzes Haus reicht?"

Sie: „Vielleicht, aber du nimmst zu viel Platz ein mit deinem nutzlosen Kram."

Er: „Ich kann ja in den Hühnerstall ziehen, dann hast du Platz genug."

Sie: „Du störst ja nicht, sondern deine Sachen. Außerdem ist der Hühnerstall auch voll mit deinen Gartengeräten, da passt du gar nicht mehr rein. Du musst endlich mal etwas wegwerfen."

.

14. Sinnvoll aufräumen

Er: „Im Wohnzimmer herrscht eine ziemliche Unordnung. Der ganze Tisch ist belegt und die Weihnachtssachen stehen noch rum, z.B. die Krippe."

Sie: „Bevor du meckerst, müsstest du erst mal deine Garage aufräumen, da kann ich nirgendwo mehr dran. Ich kann noch nicht mal an mein Fahrrad."

Er: „Willst du denn Fahrradtouren machen?"

Sie: „Du weißt doch, dass ich Arthrose in den Handgelenken habe, ich kann nicht lange Fahrrad fahren."

Er: „Willst du mit dem Fahrrad etwa einkaufen fahren?"

Sie: „Nein! Dazu sind mir die Taschen zu schwer."

Er: „Fährst du zu Arztterminen oder zur Krankengymnastik?"

Sie: „Dabei bin ich vor Kurzem vom Rad gefallen und hatte alles schwarz und blau."

Er: „Wenn du nicht an das Fahrrad drankommst, soll ich es dir dann rausstellen?"

Sie: „Das hat sowieso einen Platten. Und eigentlich fahre ich auch nicht mehr Fahrrad."

15. Entscheiden können

Sie möchte zum Trödel. 24 Teller mit Goldrand, ein goldglänzendes Besteck, einige Gläser und weitere Kleinigkeiten werden im Auto verstaut. Bei der Rückfahrt geht es links nach Hause, rechts weiter in den Ort zum Einkaufszentrum. Sie halten vor der Abbiegung.

Sie: „Wir müssen jetzt noch einkaufen."

Er: „Ich habe keine Lust zum Einkaufen. Müssen oder können wir?"

Sie: „Wir haben zu wenig zum Nachtisch."

Er: „Also müssen wir."

Sie: „Wir können auch morgen fahren."

Er: „Also müssen wir nicht, wir können."

Das Auto steht immer noch an der Kreuzung, mal wird der Blinker links betätigt, mal rechts. Es hat sich eine Schlange gebildet, einige hupen.

Sie: „Du hast noch zwei Pudding, ich keinen."

Er: „Also müssen wir."

Sie: „Wir können auch morgen früh vor dem Mittagessen fahren."

Die ersten Autos fahren hupend vorbei.

Er: „Schluss jetzt, wir fahren einkaufen."

Sie: „Wir müssen zwar, aber wir können nicht!"

Er: „Warum nicht?"

Sie: „Ich habe mein Geld für den Trödel ausgegeben. Ich dachte, ich hätte noch was im Auto, aber da habe ich doch nichts. Du hast ja wieder, wie üblich, gar nichts dabei."

Er: „Zuerst mussten wir unbedingt und jetzt können wir doch nicht?"

Sie: „Was meckerst du denn? Du hattest doch sowieso keine Lust. Und wenn du Geld mitgenommen hättest, könnten wir auch tun, was du willst und jetzt einkaufen fahren. Dass wir das nicht können, bist du selbst schuld."

Er: „Wenn wir jetzt nicht können, dann mussten wir auch nicht."

Sie: „Eins musst du auf jeden Fall: deinen Mund halten. Das kann ich wirklich nicht mehr aushalten!"

16. Sich an Wichtiges erinnern

Er: „Ich weiß überhaupt nicht, wo was in den Schränken ist!"

Sie: „Dann sieh doch rein!"

Er: „Habe ich schon! Beispielsweise hier vorne im Vertiko ist ein Durcheinander von Kistchen und Kästchen, von denen ich keine Ahnung habe, was da drin ist."

Sie: „Das geht dich auch gar nichts an!"

Er: „Schreibst du demnächst überall dran, was mich etwas angeht und was nicht?"

Sie: „Wenn du unbedingt willst, kannst du alle Kisten und Kästen durchwühlen, aber das bringt nichts!"

Er: „Warum nicht?"

Sie: „Du vergisst das sowieso wieder. Du vergisst ja sogar, wo die Sachen sind, die du dringend brauchst. Also ist es sinnlos, wenn du meine Schränke kontrollierst."

17. Ordnung halten

Er: „Wenn wir uns irgendwo hinsetzen wollen, müssen wir schon in mein Arbeitszimmer gehen, weil du sonst alles mit irgendeinem Kram belegt hast."

Sie: „Davon könnte noch viel in den Regalen in deinem Arbeitszimmer untergebracht werden. In deinem Arbeitszimmer ist es außerdem meist nicht aufgeräumt. Der eine Tisch ist immer voll, nur der kleine Tisch ist manchmal brauchbar, wenn du von dem alles schnell weggestellt hast. Sonst hat man noch nicht mal richtig Platz, etwas hinzustellen. Du musst unbedingt dein Arbeitszimmer besser aufräumen."

Er: „Schau dir mal dein Arbeitszimmer an. Es ist völlig durcheinander und total vollgestopft."

Sie: „Lass mich mit meinem Arbeitszimmer in Ruhe, ich rede dir auch nicht in deins rein."

18. Wichtiges wahrnehmen

In Bastia soll ein Hotel gebucht werden.

Er beschäftigt sich mit dem Computer, um im Internet eine Zimmerreservierung zu buchen.

Sie räumt auf.

Er: „In Bastia ist alles ziemlich teuer."

Sie: „Hast du die Kopfbedeckungen so auf den Stuhl gelegt?"

Er: „Ich habe etwas Billigeres gefunden. Die lagen da vorher auch."

Sie: „Aber nicht so durcheinander. Ich vermisse ein halbes Brötchen."

Er: „Sollen wir es nehmen?"

Sie: „Wieso wir? Hast du es genommen?"

Er: „Ja, warum?"

Sie: „Ich hatte es zum Trocknen hingelegt. Die Kaffeemaschine ist weggeräumt. Hast du den benutzten Filter herausgenommen?"

Er: „Ja. Wo ist die Kreditkarte?"

Sie: „Ich schreib mir mal den Hotelnamen auf."

Sie holt ein schmales Fürstenberg-Bier-Blöckchen und klappt es auf.

Sie: „Das ist deine Schrift. Kann ich die Seite rausreißen?"

Er: „Hast du die Kreditkarte?"

Sie: „Du hast sie die ganze Zeit, sie liegt neben dir. Aber wo ist das rote Plastikmäppchen, worin ich sie immer aufbewahre?"

Er: „Das ist doch jetzt egal."

Sie: „Dann ist es nachher verschlampt."

Er wühlt auf seinem chaotischen Tisch herum und hat es schließlich gefunden. Dann blickt er auf den Computer.

Er: „Die billige Unterkunft ist weg."

Sie: „Warum wartest du auch so lange?"

19. Informationsquellen nutzen

Auf der Rückfahrt mit dem Auto von Spanien nach Hause haben beide mittags Hunger. Sie parken etwas weiter weg, um von da aus Mittagessen zu gehen.

Sie: „Nimmst du das Wörterbuch mit?"

Er: „Das ist nicht nötig. Ich verstehe schon, was angeboten wird."

Sie suchen sich ein kleines Restaurant am Strand aus. Da keine Hauptsaison ist, werden auf einer Schiefertafel mit Kreide nur zwei Gerichte angeboten.

Sie: „Was heißt das?"

Er: „Ein Gericht hat etwas mit Fisch zu tun, das andere verstehe ich nicht, aber es hat etwas mit Schwein zu tun."

Sie: „Das ist mir zu ungenau."

Er: „Die Einzelbegriffe habe ich noch nie gehört. Um kein Risiko einzugehen, kannst du ja den Fisch nehmen."

Sie: „Der schmeckt hier bestimmt nach Fisch. Das mag ich nicht."

Er: „Dann nehme ich den Fisch und du das andere."

Sie: „Du weißt ja, warum wir hier so rumrätseln…"

Er: „Ja, ja."

Sie bestellen. Nach kurzer Zeit wird serviert.

Er: „Was ist das, was du da bestellt hast?"

Sie: „Du meinst: gezwungen war zu bestellen. Es ist ein riesiger Fettknubbel mit Schwarte dran."

Sie probiert einen Bissen und schiebt den Teller angewidert weg.

Er: „Willst du meinen Teller?"

Sie: „Und du willst mein Gericht essen?"

Er: „Nein."

Sie: „Gut, ich probiere mal bei dir."

Sie kostet.

Sie: „Wie ich vermutet hatte: Es schmeckt zu sehr nach Fisch."

Er: „Das ist schlecht für dich."

Sie: „Wieso werde ich wegen deiner Faulheit bestraft?"

Er: „Zum Trost gebe ich dir meinen Nachtisch."

Sie: „Ein Nachtisch ist ein bisschen wenig, um sich von seiner Schuld freizukaufen."

Er: „Was verlangst du vom reuigen Sünder denn noch?"

Sie: „Wir gehen noch ins Café. Da kann ich mir den Kuchen aussuchen, und du meckerst nicht darüber, wie viel ich davon esse."

Nach der Kuchenschlacht.

Sie: „Komisch, dass ich durch einen Fett-Schwarte-Knubbel in den Genuss von so viel gutem Kuchen gekommen bin."

Er: „Eigentlich ist ja all dieses Gute geschehen, weil ich zu faul war."

Sie: „Typisch Mann. Immer wollen sie der Größte sein oder den Größten haben."

20. Essen mit Verstand

Sie: „Ich esse Schoko-Mousse."

Er: „Ich möchte Schokoladenpuddding mit Vanillesoße."

Sie bringt eine recht große Packung.

Er: „Die muss man umstürzen, damit die Soße auf dem Pudding ist."

Sie: „Das glaube ich nicht."

Er: „Jetzt ist die Soße unten und der Pudding darüber. Ich probiere jetzt das Umstürzen."

Sie: „Ich gebe dir einen großen, tiefen Teller, damit nichts überschwappt."

Er stürzt die Packung, nichts passiert.

Sie: „Siehst du, das ist nicht so gedacht!"

Er stößt mit einem Löffel am Rand der Packung lang. Der Inhalt ergießt sich schmatzend auf den Teller.

Er: „Aha!"

Er beginnt zu essen.

Sie: „Du hast eine ziemlich unsystematische Art, den Pudding zu essen. Nachher ist noch Pudding da und die Soße ist schon weg."

Er isst weiter.

Sie: „Den Rest bewahren wir in einer kleinen Schüssel auf. Wir haben nicht viel Platz im Kühlschrank. Du hast mal wieder einen viel zu großen Teller für deinen Pudding genommen."

21. Realistisch sein

Sie unterhalten sich über beengte Wohnverhältnisse.

Sie: „Wenn man so wenig Platz hat, muss man eben weniger Sachen behalten."

Die Bekannten Christel und Horst, die zwei Häuser weiter in einer Mietswohnung wohnen, haben mit ihren zwei Kindern auch ziemlich wenig Platz.

Er: „Was sollen die noch wegtun?"

Sie: „Die Wohnung ist jedenfalls zu voll."

Er: „Und was würdest du vorschlagen?"

Sie: „Die hören ja doch nicht auf mich."

Er: „Aber mich interessiert es mal."

Sie: „Da steht noch ein Kleiderschrank, voll von Sachen von der Christel. Die haben ihr mal vor den Schwangerschaften gepasst. Sie glaubt, dass sie noch mal so viel abnimmt, dass die ihr noch einmal passen würden. Das ist eine Illusion, die

Figur kriegt sie nicht mehr zurück. Dann kann sie die Sachen auch abgeben, dann wäre schon wieder ein Schrank frei."

Er: „Wenn ich es so bedenke, könnten wir unseren Kleiderschrank auch mal durchforsten."

Sie: „Ja, du hast eine Menge, die du nicht mehr anziehst."

Er: „Ziehst du alles an?"

Sie: „Nein, bis jetzt nicht. Einiges passt mir erst wieder, wenn ich wieder abgenommen habe."

22. Gerecht teilen

Nach längerer Autofahrt sind sie und er im Ferienapartment angekommen und haben beide Hunger. Gulasch, Kartoffelstücke und Soße müssen nur in einem Topf aufgewärmt werden. Das soll er machen.

Sie: „Ich habe schon mal Wasser für eine Fertigsuppe heiß gemacht. Das Aufwärmen dauert mir zu lange."

Er: „Gut, essen wir erst die Suppe."

Nach der Suppe wärmt er alles auf und verteilt es aus dem Topf auf zwei Teller.

Sie: „Warum gibst du mir immer so viel? Ich wollte nicht so viel. Du hast viel weniger."

Er: „Wir können die Teller tauschen."

Die Teller werden getauscht.

Sie: „Ich glaube, ich habe weniger Soße, aber genau so viele Kartoffeln wie du. Außerdem schmeckt es sehr bulgarisch oder ungarisch: Es ist alles nicht heiß genug."

Er: „Meins ist heiß genug."

Sie: „Ich habe wahrscheinlich nur von oben etwas bekommen, das noch nicht heiß genug war. Das schmeckt nicht."

Er: „Dann wärm es noch mal auf."

Während sie aufwärmt, isst er zu Ende.

Sie kommt wieder und beginnt zu essen.

Sie: „Kann ich deine übriggelassene Soße haben?"

Er: „Die ist aber jetzt kalt."

Sie: „Dann wärme ich die jetzt auf."

Sie nimmt die Soße von seinem Teller und schüttet sie in einen Topf. Sie wärmt die Soße auf, ist aber fast mit Essen fertig, als die Soße heiß genug ist.

Sie isst schließlich zu Ende.

Sie: „Immer, wenn du kochst, gibt es beim Essen Probleme, und zwar für mich. Gibt dir das nicht zu denken?"

23. Fair spielen

Misshelligkeiten aushalten

Sie spielen wieder Scrabble auf dem Küchentisch.

Diesmal hat sie Pech beim Ziehen der Buchstaben.

Nach ihrem ersten Fehlgriff legt er seine Buchstaben aus.

Sie: „Leg das I mal richtig rum."

Er: „Wieso, das sieht anders herum auch nicht anders aus."

Sie: „Es stört mich aber, wenn die Punktezahl oben steht."

Nach dem zweiten Fehlgriff.

Sie: „Jetzt hast du das H falsch rum gelegt."

Nach dem dritten Fehlgriff.

Sie: „Kannst du die Buchstabensteine nicht mal grade auf die Felder legen, das sieht ja furchtbar aus."

Nach dem vierten Fehlgriff.

Sie: „Du knickst dauernd Falten in die Plastiktischdecke, die kriegt man anschließend nicht mehr raus. Kannst du nicht ein bisschen besser aufpassen?"

Nach dem fünften Fehlgriff.

Sie: „Du stellst das Buchstabensäckchen immer so weit weg, dass ich nicht dran komme. Offensichtlich willst du mich heute ärgern oder du hast keine Lust zu spielen, weil du fernsehen willst. Also gut, schauen wir in die Glotze."

Verlieren können

Sie legt beim Scrabble ein Wort waagerecht, er legt nur ein kurzes Wort senkrecht, indem er einen Buchstaben des von ihr gerade gelegten Wortes mitbenutzt.

Sie: „Jetzt hast du mir wieder ein schönes Wort kaputt gemacht, und dann noch mit so einem popeligen Dreibuchstabenwort."

Er: „Woher soll ich wissen, wo du anlegen kannst?"

Sie: „Das kannst du dir doch denken, dass ich da anlegen will, wo es am besten geht."

Er: „Darf ich nicht da anlegen, wo es am besten für mich geht?"

Sie: „Du hättest bestimmt auch was anderes legen können. Du machst das mit Absicht. Jedes Mal, wenn ich mir etwas Schönes aufgebaut habe, kommst du mir mit irgendwas dazwischen. Das macht langsam keinen Spaß mehr."

Sie legt das Wort „ÖDE" und erhält dafür 10 Punkte. Er legt ein „M" daran und kommt damit auf den zweifachen Wortwert: 26 Punkte.

Sie: „Das ist mal wieder typisch. Ich bilde die schönen Wörter und kriege kaum etwas dafür, du scheißt dich an und erhältst mehr als das Doppelte."

Er: „Das ist kein Anscheißen, sondern die kreative Fortführung deines Wortes, so, dass sich dadurch ein völlig anderer Sinn ergibt."

Sie: „Wie würde denn dein Wort heißen, wenn meine Buchstaben nicht vorher dort gelegen hätten?"

Er: „Das ist kein eigenes Wort, sondern nur ein ‚M'."

Sie: „Also hast du dich mit deinem Buchstaben angeschissen. Ständig lege ich so, dass man hohe Werte holen kann, aber du lässt sie mich nicht holen, sondern legst sie selbst."

Er: „Ich dachte, es wäre der Sinn, so zu spielen, dass man gewinnt. Wir können die Spielregeln ja so abändern, dass du so lange spielen darfst, bis du nicht mehr legen kannst, erst dann darf ich legen."

Sie: „Du spielst jedenfalls vollkommen egoistisch. Da verliert man die Lust."

Sie zieht einige Buchstaben neu.

Sie: „Das ist ja zum Verzweifeln. Ich kann überhaupt nichts machen mit meinen Buchstaben. Nirgendwo kann man anlegen. Was soll man denn an Äsen anlegen, damit man davor auf den doppelten Wortwert kommt. Das geht ja überhaupt nicht."

Er: „Doch."

Sie: „Wie denn?"

Er: „Man könnte Fräsen legen."

Sie: „Dazu müsste ich erst mal die Buchstaben haben. Die hast du bestimmt. Das ist ja zum Kotzen."

Am Ende hat sie gewonnen.

Sie: „Machen wir noch ein Spiel?"

24. Für Nachschub sorgen

Doppelkopf hat sie von ihrem Vater gelernt, es ist ihr Lieblingsspiel. Sie hat es der ganzen Familie beigebracht.

Im Innenhof einer französischen Pension wird abends gespielt. Es ist immer noch heiß.

Nach dem ersten Spiel.

Sie: „Ich muss mal oben zur Toilette. Wem soll ich einen kleinen Soldaten mitbringen?"

Kleine Soldaten sind kleine 0.2l-Flaschenbier.

Nach dem zweiten Spiel:

Sie: „Ich muss mal oben zur Toilette. Wem soll ich gleich noch einen kleinen Soldaten mitbringen?"

So geht das eine Zeit lang weiter. Ihr Schritt wird unsicherer, die Artikulation verwaschener.

Sie zur Schwägerin: „Warum legst du nicht endlich deine Kreuz Dame. Mein Vater hat immer gesagt: Die Kreuz Dame darf man nicht zu lange festhalten, sonst kriegt man nichts mehr dafür. Brigitte hat ihre schon gelegt, also brauchst du auch kein Geheimnis mehr daraus zu machen, dass du die zweite hast."

Alle sehen sich verständnislos an.

Schließlich sagt Brigitte: „Mensch Mama, die hast du doch schon selbst gespielt!"

Sie: „Ach so. Ich muss mal oben zur Toilette. Wem soll ich noch einen kleinen Soldaten mitbringen?"

25. Präzise planen

Er: „Sollen wir im April, wenn wir nach Spanien fahren, direkt nach Andalusien fahren?"

Sie: „Aber Galizien haben wir noch nicht gesehen."

Er: „Wir können auch über Nordspanien bis nach Galizien fahren."

Sie: „Wir sind das letzte Mal schon so weit gefahren, das will ich diesmal nicht."

Er: „Wir können ja erst in den Süden fahren und auf dem Rückweg nach Norden."

Sie: „Aber im Norden kann es noch kalt sein. Dann fahren wir von der Wärme in die Kälte, das ist frustrierend."

Er: „Sollen wir nur in den Norden fahren?"

Sie: „Dann sind wir ja nur in der Kälte!"

Er: „Dann fahren wir eben nicht nach Galizien."

Sie: „Typisch, wenn ich mal was will, hast du immer einen Einwand, dass es nicht geht, nur um deinen Willen durchzusetzen."

26. Vorsichtig fahren

Sie und er haben es eilig. In Solingen wartet die Tochter am Bahnhof, bis dahin sind es 7 km mit einer ganzen Anzahl von Ampelkreuzungen. Sie warten vor einer roten Ampel. Die Ampel springt auf Gelb.

Er: „Hast du das gesehen, da sind noch zwei Wagen durchgefahren, obwohl wir schon Gelb-Grün hatten. Die hatten bestimmt schon Rot."

Sie: „Ganz bestimmt! Heute ist es doch üblich, dass man bei Rot über die Kreuzung fährt. Das ist saugefährlich und unverantwortlich. Und das nur, weil man zwei Minuten einsparen will. Es macht langsam keinen Spaß mehr Auto zu fahren."

Bei Grün fährt er als Linksabbieger los. Kurz bevor er die nächste Kreuzung erreicht hat, springt die Ampel auf Gelb. Er bremst und hält.

Sie: „Mit ein bisschen mehr Gas wärst du da noch drüber gekommen. Jetzt kommen wir noch später an."

27. Ruhebedürfnis respektieren

Kaum ist sie bei längeren Fahrten im Auto, fängt sie an zu schlafen.

Während der Fahrt nach Frankreich auf der Autobahn wacht sie nach einer Stunde auf.

Sie: „Jetzt bin ich wach geworden.“

Er: „Wieso?“

Sie: „Du hast zu stark gebremst.“

Er: „Was soll ich deiner Meinung nach tun?“

Sie: „Du musst eben so fahren, dass das unnötig ist.“

Sie schläft wieder ein. Dann wird sie erneut wach.

Sie: „Du darfst den Blinker nicht so laut setzen, das stört.“

Dann schläft sie wieder ein.

Nach zwei Stunden wird sie wach. Sie soll ihn ablösen und jetzt fahren.

Sie fährt los und kracht nach 10 m einem Niederländer ins Auto.

Sie: „Ist ja klar, dass das passieren musste. Das kommt davon, wenn ich von dir dauernd beim Schlafen gestört werde."

28. Geduldig sein

In England hat sie die Aufgabe übernommen, bei Autofahrten anhand der Karte den Weg zu weisen.

Er: „Wo muss ich da vorne hin?"

Sie erwacht aus ihrem Autoschlummer.

Sie: „Das weiß ich nicht. Ich konnte noch nicht auf die Karte sehen. Wenn du was wissen willst, dann musst du mich früher wecken."

Er: „Da vorne ist schon der Kreisverkehr. Ich muss jetzt irgendetwas machen. Halten kann ich hier nicht."

Sie: „Dann fahr um den ganzen Kreis herum. Ich schau in der Karte nach, wo Wells liegt."

Er: „Auf den Straßenschildern steht nichts."

Sie: „Auf der Karte auch nicht."

Er: „Das kann nicht sein. Guck noch mal genau."

Sie: „Wie kannst du wissen, dass Wells auf der Karte ist, obwohl du gar nicht in die Karte schauen kannst?"

Er: „Ein Ort dieser Größe ist auf jeden Fall auf der Karte."

Sie: „Er ist aber nicht drauf."

Er verlässt nach dreimaligem Umrunden den Kreisverkehr. Nach 10 Minuten Fahrt hält er auf einem Parkplatz.

Er: „Gib mir mal die Karte."

Er studiert eine Zeit lang die Karte.

Er: „Hier ist es ja."

Sie: „Was? Gib mal her!"

Er zeigt ihr den Ort.

Sie: „Das kann man ja kaum lesen, die Schrift ist zu klein und zu versteckt."

Er: „Aber es ist drauf."

Sie: „Was nützt das, wenn es drauf ist, und man kann es nicht finden? Dann können sie das auch weglassen."

Er: „Sind wir hier überhaupt auf der richtigen Straße?"

Sie: „Natürlich nicht! Du konntest es ja mal wieder nicht abwarten, bis ich alles gefunden hatte."

Er: „Wo sollte ich denn warten?"

Sie: „Du hättest ja weiter im Kreisverkehr Runden drehen können. Nur wegen deiner Ungeduld haben wir uns jetzt verfahren."

29. Platzsparend packen

Sie: „Ich möchte alles Notwendige für den Urlaub allein packen."

Er: „Warum?"

Sie: „Das letzte Mal hatten wir einiges vergessen, weil ich nicht den Überblick hatte."

Er: „Packst du auch meine Sachen?"

Sie: „Natürlich. Du vergisst ja sonst sowieso die Hälfte. Ich weiß ja, was du brauchst."

Sie packt. Bald türmen sich Berge von Taschen und Körben im Flur.

Sie: „Du kannst schon mal anfangen, das Auto zu beladen."

Er belädt. Sie stellt immer weitere Taschen dazu.

Er: „Wenn die Kinder und ich zu Hause bleiben, dann schaffst du es, die Sachen zum Ferienhaus zu transportieren."

Sie: „Passt nicht alles rein? Wir brauchen die Sachen aber."

Er: „Irgendwann ist aber alles voll."

Sie: „Du hast bestimmt schlecht gepackt."

Sie inspiziert das Auto.

Sie: „Unter den Vordersitzen ist noch nichts und du hast auch bestimmt nichts neben den Reservereifen gequetscht."

Er tut, was sie möchte. Danach.

Er: „Es passt trotzdem nicht alles rein."

Sie: „Die Taschen nehmen zu viel Platz ein."

Er: „Was soll das heißen?"

Sie: „Wir nehmen alles aus den Taschen und verpacken es lose."

Alles wird lose in den Kofferraum, unter die Sitze und in den Hohlräumen der Karosserie verstaut.

Sie: „Siehst du, ich habe doch gleich gesagt, dass es passt."

An der Grenze zu Frankreich wurden damals noch die Papiere kontrolliert.

Sie: „Die Personalausweise müssen in dem kleinen bunten Täschchen sein, das auf dem Tisch lag. Ich weiß genau, dass du es zum Einpacken mitgenommen hast."

Er: „Ich wusste aber nicht, was drin ist."

Sie: „Was heißt das?"

Er: „Es liegt im Hohlraum neben dem Reserverad."

Sie: „Wenn man dich schon packen lässt! Du machst aber auch gar nichts richtig. Jetzt musst du alles ausräumen. Das hast du jetzt davon."

30. Geschickt improvisieren

Sie: „Hast du von Granada einen genauen Stadtplan mit?"

Er: „Ich war schon zweimal hier, ich kenne die Stadt."

Sie: „Hast du wenigstens einen Lageplan von unserer Unterkunft mit?"

Er: „Brauch ich nicht. Ich weiß genau, wo die liegt."

Sie: „Ich habe wenigstens eine Übersichtskarte."

Er verfährt sich, die Übersichtskarte hilft zunächst weiter.

Er: „Vorne müssen wir rechts ab, das ist die Zufahrtsstraße zu unserem Stadtteil."

Sie: „Geht nicht, die Polizei hat die Straße gesperrt. Da findet eine Demonstration statt."

Er fährt mehrere Umleitungen lang, stößt aber immer wieder auf die Demonstration.

Er: „Diese Mist-Demonstration!"

Sie: „Du bist doch sonst immer für Demos!"

Er: „Aber nicht jetzt und hier. Die sollen demonstrieren, wenn ich unsere Unterkunft gefunden habe!"

Mittlerweile sind fast zwei Stunden Irrfahrt in der Stadt bei beachtlicher Hitze vergangen. Die Hemmschwelle, sich an Verkehrsregelungen zu halten, sinkt beträchtlich.

Sie: „Wenn wir die Parallelstraße zu unserer Zufahrtstraße nehmen könnten, kämen wir wenigstens zu unserer Unterkunft. Aber das Befahren der Straße ist für Touristen verboten."

Er: „Das ist mir jetzt egal, die fahren wir jetzt lang!"

Die Straße führt in die Altstadt und hat keine Nebenstraßen. Hinter ihnen fahren mehrere Autos.

Er: „Wie breit ist unser Wagen?"

Sie: „Wieso?"

Er: „Weil da ein Verkehrsschild steht, dass die Straße nur noch 1,80 m breit ist."

Sie: „Ich gehe raus und weise dich ein!"

Nach einigen Metern füllt das Auto die Straßenbreite vollkommen aus, die Straße wird aber noch enger.

Sie: „Du musst die Seitenspiegel einklappen!"

Er: „Das geht bei unserem Auto nicht. Ich kann auf meiner Seite den Seitenspiegel nur etwas nach vorne ziehen."

In der Autoschlange hinter ihm wird es merklich unruhiger, einzelnes Hupen verdichtet sich zu einem Hupkonzert.

Er: „Ich fahr jetzt!"

Er fährt durch die Engstelle, der rechte Seitenspiegel schrammt an der Hauswand lang und hinterlässt dort einen roten Lackstreifen. Sie steigt ein.

Sie: „Ich kann nicht mehr. Ich muss jetzt was essen und trinken und aus dieser Hitze raus, sonst falle ich um!"

Er parkt spontan im Halteverbot.

Er: „Wir gehen jetzt hier etwas essen!"

Sie: „Bist du verrückt? Die schleppen uns das Auto ab. So krieg ich keinen Bissen runter."

Er: „Dann müssen wir zurück!"

Sie: „Dann krieg ich einen Schreikrampf. Fahr irgendwohin, wo die Straßen breiter werden. Nach drei Stunden Rumfahrerei kenne ich die Stadt sowieso in- und auswendig. Wir lassen die Übernachtungen sausen und fahren woanders hin."

Er: „Wir fahren jetzt in irgendein Parkhaus und lassen uns nach dem Essen mit dem Taxi zur Unterkunft bringen!"

Die Taxifahrt ist sehr preisgünstig und führt in eine Art Fußgängerzone. Die Unterkunft liegt in einer Straße, die nur etwas über 1 m breit ist, und daher nur zu Fuß zu erreichen ist.

Er: „Siehst du, es war ganz egal, ob ich eine Karte mithatte oder nicht, wir hätten sowieso nicht bis hierher fahren können!"

31. Effektiv besichtigen

Hauptziel der Stadtbesichtigung ist eine Barockkirche am Rande der Altstadt von Granada.

Sie: „Bevor wir gehen, muss ich erst noch meine Handtasche packen."

Vor der Tür.

Sie: „Habe ich eigentlich meinen Fotoapparat mitgenommen?"

Sie kramt in der Handtasche.

Sie: „Hier ist er ja! Dann los!"

Der Weg führt an einem Minimarket vorbei.

Sie: „Ich habe die Wasserflaschen vergessen!"

Sie kauft Wasserflaschen.

Sie: „Die Tasche ist jetzt zu schwer. Kannst du die tragen?"

Er trägt die Tasche.

Sie: „Wir müssen noch in die Touristeninformation, um uns einen Stadtplan zu besorgen!"

Er reißt in der Touristeninformation einen Stadtplan von einem Block und faltet ihn in der Mitte.

Sie: „Du faltest den falsch. Der Knick verläuft genau durch die Sehenswürdigkeiten. Man muss den Plan dann dauernd wenden. Sieh mal, wie ich das mache!"

Sie nimmt ihm den Plan aus der Hand und drittelt ihn beim Knicken.

Er: „Sieh mal, wie ich das mache!"

Er reißt drei Pläne ab und faltet alle demonstrativ in der Mitte.

Sie: „Du bist ein Kindskopf!"

Als erstes Besichtigungsobjekt dient die Kathedrale.

Er: „Lass uns gehen. Diese Kirche finde ich nicht besonders schön."

Sie: „Ich auch nicht. Aber das teure Eintrittsgeld muss erst abbesichtigt werden."

Schließlich erreichen sie die Barockkirche, die seit 3 Minuten geschlossen hat.

Sie: „Das haben wir nur deiner Trödelei zu verdanken."

32. Klug fragen

Sie planen einen Urlaub auf Korsika. Wie immer sind sie spät dran, so dass beim Buchen von Übernachtungen höchste Eile geboten ist. Er tippt ein, sie sieht auf dem Atlas nach, er steuert noch weitere Informationen aus dem Internet bei. Schon zwei Mal ist ihnen die letzte billige Übernachtung kurz vor der eigenen Buchung weggeschnappt worden.

Er: „Ich habe hier eine preiswerte Übernachtung gefunden in der Nähe von Corte."

Sie: „Wo ist er Haken?"

Er: „Es gibt nur ein Gemeinschaftsbadezimmer."

Sie: „Dann will ich das nicht."

Er: „In Ordnung. Die anderen sind ausgebucht oder 20€ teurer."

Sie: „Liegt das billige südlich oder nördlich von Corte?"

Er: „Ist doch egal, du willst es doch sowieso nicht!"

Sie: „Sag schon!"

Er: „Wir wollen von da aus nördlich, es liegt aber südlich."

Sie: „Wir nehmen es!"

Er: „Verstehe ich nicht."

Sie: „Für drei Mal Pinkeln 20€ mehr zu zahlen ist zu viel."

Er: „Was hat das mit der Lage des Hotels zu tun?"

Sie: „Nichts. Was für eine blöde Frage!"

33. Pünktlich sein

Sie hatte sich auf den Besuch des Palastes in Evora, Portugal, gefreut; Öffnungszeit vor der Saison täglich von 15-16 Uhr. Die Anreise von Spanien dauert etwas länger als geplant.

Sie: „Das schaffen wir nicht mehr rechtzeitig."

Er: „Wir kommen auf jeden Fall kurz nach 15 Uhr an."

Sie: „Du fährst auch manchmal so langweilig, da ist es ja kein Wunder, dass wir zu spät kommen."

Er: „Wir kommen nicht zu spät."

Tatsächlich parken sie um 15.10 Uhr vor dem Palast. Kein Mensch ist zu sehen.

Sie: „Wir gehen zum Eingang und sehen mal nach, ob die Öffnungszeiten stimmen."

Die Öffnungszeit ist von 15-16 Uhr angegeben, das Tor ist verschlossen.

Er: „Wie ist das denn zu erklären?"

Sie: „Ist doch klar! Um 15 Uhr war keiner da, da haben sie wieder geschlossen. Jetzt können wir nichts besichtigen, nur weil du so lahmarschig fährst. Ich will das aber sehen."

Er: „Dann müssten wir hier übernachten. Dann kämen wir morgen pünktlich."

Sie: „Dann müssen wir eben hier übernachten. Am besten machen wir das gleich fest."

Sie mieten sich in eine Pension ein, der Preis ist erheblich.

Gegen 16.30 Uhr spazieren sie am Palast vorbei. Der Eingang ist geöffnet, eine Anzahl von Touristen strebt dem Eingang zu.

Er: „Das verstehe ich nicht. Wieso ist jetzt geöffnet?"

Sie: „Schau mal auf die Kirchturmuhr. Sie zeigt 15.30 Uhr. Das wird ja wohl stimmen."

Er: „Aber meine Uhr geht richtig."

Sie: „Aber du tickst nicht immer richtig. Das hier kann nur eine Zeitverschiebung sein."

Er: „Tatsächlich! Portugal ist eine Stunde früher in der Zeit als Spanien. Wir waren also nicht zu spät, wir waren zu früh!"

Sie: „Und weil du das nicht gewusst hast, du Super-Geograph, müssen wir jetzt hier teuer übernachten."

34. Sich wehren

Ausbeutung bekämpfen

Sie ist enttäuscht über das Quartier, das sie angetroffen haben.

Sie: „Was für eine Kaschemme für 70 €. Die blöde Balkontür geht nicht zu, hier zieht es immer. Die Duschtasse ist bestimmt Marke Izmir, wie die Steh-Klos. Vom Nachbarn hört man jedes Geräusch, also fällt Bumsen schon mal flach. Der Typ hinter der Theke der Rezeption ist so schmuddelig wie das ganze Etablissement. Jetzt fehlt nur noch, dass das Frühstück aus harten Croissants mit Zuckerkonfitüre besteht."

Er: „Was möchtest du jetzt am liebsten machen: schlafen, spielen, lesen?"

Sie: „Es ist 5 Uhr, ich kann doch nicht bis 10 oder 11 Uhr lesen."

Er: „Das sagt ja keiner. Was möchtest du im Moment am liebsten tun?"

Sie: „Ich schalte jetzt alle Lampen an und verbrauche mit meinem Wasserkocher erst mal für ein paar Euro Strom, dann ärgere ich mich nicht mehr so."

Er: „Und was willst du danach machen?"

Sie: „Mal sehen. Der Wasserkocher kocht nicht mehr. Hoffentlich ist die Sicherung rausgesprungen und kaputt."

Sie probiert eine andere Steckdose aus.

Sie: „Doch nicht! Jetzt ist das Wasser heiß, jetzt machen wir uns selber Tee und Kaffee. Ich habe auch noch Plätzchen."

Er: „Toll!"

Sie: „Diesem Pseudomafiatyp geben wir jedenfalls nichts zu verdienen, den schädige ich höchstens, wo ich kann."

Am nächsten Morgen.

Sie: „Ich habe vom Frühstücksbuffet 10 Portionspackungen Orangenmarmelade mitgehen lassen."

Er: „Wetten, dass der gleich keine Karte nimmt, sondern nur Bargeld? Der lässt uns an der Steuer vorbei laufen."

Genau so kommt es.

Er: „Der will besonders schlau sein. Ist er aber nicht."

Sie: „Wieso?"

Er: „Er hat vergessen, die Biere abzurechnen, die wir gestern Abend auf die Zimmerrechnung haben schreiben lassen, ich habe natürlich nichts gesagt."

Sie: „Du Held!"

Störungsquellen beseitigen

In dem hellhörigen Nebenzimmer klappert die Zimmertür mit unermüdlicher Penetranz.

Sie: „Das ist ja nicht zum Aushalten. Macht dir das nichts aus?"

Er: „Nicht übermäßig."

Nach einiger Zeit.

Sie: „Hier werde ich verrückt. Das macht mich wahnsinnig. Ich geh da jetzt hin."

Sie klopft beim Nachbarn. Der verspricht Abhilfe. Es klappert weiter wie bisher.

Nach 10 Minuten ist ihre Geduld zu Ende, sie klopft erneut. Der Nachbar ist ausgegangen, wahrscheinlich zum Essen. Sie greift zur Selbsthilfe und stopft Papiertaschentücher in den Türspalt. Tatsächlich hört das Klappern auf. Gerade liegen Sie wieder im Bett, da kehrt der Nachbar zurück. Die Taschentücher fallen aus dem Türspalt, das Klappern fängt wieder an.

Sie: „Jetzt gehst du mal dahin und sagst dem Bescheid. Du kannst sowieso besser Französisch."

Er: „So schlimm ist es auch wieder nicht, es ist außerdem schon nach 23 Uhr."

Sie: „Es ist so schlimm. Was hast du lieber: dass ich die ganze Nacht nicht schlafen kann und dich dann nerve oder dass du dem mal kurz Bescheid sagst?"

In diesem Moment hört das Klappern auf. Offensichtlich ist der Wind abgeflaut, der es verursacht hat.

Sie: „Na endlich."

Nach einiger Zeit.

Sie: „Ich kann nicht schlafen!"

Er: „Wieso nicht, jetzt ist doch Ruhe!"

Sie: „Das ist es ja gerade. Jetzt warte ich dauernd darauf, dass es wieder losgeht mit Klappern."

35. Sich eindeutig äußern

In einem korsischen Dorf. Es ist eng, er hat gerade mal wieder schlecht geparkt und steht halb auf der Fahrbahn.

Er: „Willst du in den Laden, in dem regionale Produkte verkauft werden?"

Sie: „Dann musst du aber anders parken, du stehst ja halb auf der Fahrbahn."

Sie erklärt ihm, wie man fahren muss, um besser zu parken.

Er: „Gut. Ich park dann mal anders."

Er rangiert umständlich, bis sie zufrieden ist.

Er: „Was willst du denn kaufen?"

Sie: „Ich will gar nicht dahin."

Er: „Wieso lässt du mich anders parken, wenn du gar nicht dahin willst?"

Sie: „Du fragst mich immer so, wenn du selbst dahin willst."

Er: „Warum kannst du nicht auf eine einfache Frage eine Antwort geben, ohne dir zu überlegen, was ich damit anderes gemeint haben könnte?"

Sie: „Weil deine einfachen Fragen immer etwas anderes bedeuten. Das muss ich dann raten. Und wenn ich es dann nicht richtig rate, bist du verstimmt. Warum kannst du deine Fragen nicht so stellen, wie du sie meinst?"

36. Cool bleiben

Sich ins Unvermeidliche fügen

Die prähistorische Stätte auf Korsika, zu der sie hinwollen, ist sehr abgelegen.

Er: „Das Auto reagiert nicht mehr, wenn ich Gas gebe."

Sie: „Tritt mal kräftig auf das Gas."

Er: „Ich trete ja dauernd, aber es tut sich nichts."

Sie: „Du musst kräftiger treten, sei nicht immer so zaghaft!"

Er: „Ich trete schon wie ein Berserker, aber es nützt nichts!"

Das Auto fährt immer langsamer und bleibt schließlich stehen.

Sie: „Das ist bestimmt die Benzinpumpe. Da kommen wir keinen Meter weiter. Ich telefoniere mal mit dem Pannendienst unseres Autoclubs. Wir müssen erst das Auto von der

Fahrbahn kriegen. Setz dich rein, dann schiebe ich den Wagen bis zur Wegeinmündung."

Sie lässt auf nichts anderes ein. Sie schiebt den Wagen von der Fahrbahn.

Sie telefoniert und erfährt, dass ein Abschleppwagen geschickt wird.

Sie: „Holst du mal unsere Stühle raus? Wir setzen uns in den Schatten und lösen Kreuzworträtsel ‚Um die Ecke gedacht'."

Er: „Wir sitzen hier am Arsch der Welt in einem kaputten Auto, wissen nicht, wann uns hier einer findet, wissen nicht, was kaputt ist, wissen nicht, wohin wir abgeschleppt werden, wissen nicht, ob es repariert werden kann und wie lange das dauert, und du willst jetzt Kreuzworträtsel lösen?"

Sie: „Natürlich! Wenn ich nicht Kreuzworträtsel löse, beantwortet das keine deiner Fragen. Also kann ich auch Rätsel lösen."

Einem Helfen

Er: „Der Abschleppwagen kommt nicht."

Sie: „Fällt dir etwas ein zu ‚Gibt Schürpfel einen inneren Sinn'?"

Er: „Vielleicht findet der uns gar nicht."

Sie: „Mit 5 Buchstaben, der vierte ist ein Z."

Der Fahrer des Abschleppwagens meldet sich. In kurzer Zeit ist er vor Ort. Die nächste Werkstatt liegt über 60 km weit weg in Porto-Vecchio.

Sie: „Da haben wir aber Glück, da hatten wir sowieso unsere Übernachtung gebucht."

Er: „Wie kann man an dem Mist auch noch etwas toll finden?"

Sie: „Anstatt dich sinnlos aufzuregen, hättest du mir besser beim Rätsel geholfen."

Er: „Zenzi!"

Sie: „Was?"

Er: „Zenzi gibt dem Schürpfel den inneren Sinn!"

Sie: „Bist du durchgeknallt? Was soll denn Zenzi sein?"

Er: „Das ist ein bayerischer weiblicher Vorname. Wenn du den in das Wortinnere von Schürpfel stellst, dann ergibt das den Sinn Schürzenzipfel."

Sie: „Das ist ja wohl bescheuert, das Rätsel. Über sowas kann ich mich wirklich aufregen!"

Sich ordentlich kleiden

Er telefoniert mit dem Sachbearbeiter des Automobilclubs. Es geht um Leistungen und Kostenübernahme.

Sie: „Dein Hemdsärmel ist ganz dreckig."

Er: „Für wie lange übernehmen Sie die Kosten eines Mietwagens?"

Sie: „Du musst ein neues Hemd anziehen."

Er: „Und wenn die Reparatur länger dauert?"

Sie: „Hoffentlich krieg ich das noch mal sauber."

Nach dem Telefonat.

Er: „Wieso nervst du mich gerade jetzt mit meinen Hemdsärmeln? Findest du das so wichtig?"

Sie: „Jetzt sehe ich es gerade. Und wenn ich es laut sage, dann denk ich wenigstens daran, du vergisst das ja sowieso wieder. Ich habe eben nicht gern, wenn du schlampig rumläufst. Dir scheint das ja egal zu sein!"

Er: „Können wir dieses Thema verschieben und erst mal sehen, was mit dem Leihwagen ist?"

Sie: „Irgendwie ist das typisch für dich. Bei wichtigen Themen versuchst du, wenn es unangenehm wird, abzulenken."

Panne 4: Beharrlich sein

Sie haben einen Kleinwagen als Mietwagen. Das Ersatzteil für ihren Passat soll in einer Woche da sein.

Sie: „Eine Woche hatten wir auch noch für die Rundreise geplant."

Er: „Du willst die Reise jetzt fortsetzen, als ob nichts passiert wäre?"

Sie: „Genau. Wir müssen nur umpacken. Komm, hilf mir!"

Er: „Jede andere Frau hätte jetzt einen Schreikrampf gekriegt. Und du tust so, als wäre nichts gewesen."

Sie: „Wenn es was nützen würde, bekäme ich auf der Stelle einen Schreikrampf. Aber du glaubst doch nicht, dass ich mir den schönen Urlaub durch eine dämliche Benzinpumpe verderben lasse?"

Zusammenhänge verstehen

Am Abend der Panne in einer Bungalow-Anlage in Porto-Vecchio.

Sie: „Heute geb ich mir die Kante, sonst beruhige ich mich doch nicht."

Er und sie trinken gemeinsam etliche Bier in ihrem Bungalow-Zimmer. Schließlich wollen beide zu Bett.

Sie erhält eine SMS. Die Tochter Lisa schreibt, dass sie und ihr Freund auf Korsika seien. Sie habe von ihrer Schwester Brigitte erfahren, dass die Eltern wahrscheinlich auch dort seien.

Sie: „Woher weiß Brigitte, wo wir sind?"

Er: „Das ist doch jetzt egal. Schreib mal unsere Adresse zurück."

Sie: „Der Ort reicht ja wohl!"

Er: „Tu mir den Gefallen!"

Sie schickt die Namen des Ortes und der Hotelanlage zurück. Sofort erhält sie die nächste SMS: Lisa und ihr Freund sind in derselben Hotelanlage. Schnell werden noch die Bungalow-Nummern ausgetauscht, und dann findet auf dem Rasen vor ihrem Bungalow das unverhoffte Wiedersehen statt. In ihrem Bungalow wird dann gemeinsam weiter Bier getrunken und geredet, vor allem über diesen seltsamen Zufall. Sie ist vom bisherigen Bierkonsum jedoch schon einigermaßen mitgenommen.

Sie: „Wieso hast du Brigitte denn angerufen?"

Lisa: „Ich habe Brigitte nicht angerufen. Sie hat mir eine SMS geschickt, dass ihr hier seid."

Sie: „Sie konnte doch gar nicht wissen, dass wir hier sind. Das habe ich dir doch geschrieben."

Er: „Sie meint, dass wir auf Korsika sind."

Sie: „Woher weiß sie das?"

Er: „Das haben wir ihr gesagt."

Sie: „Aber wir waren doch gar nicht da!"

Er: „Es gibt Telefone."

Sie: „Warum denn ihr und nicht Lisa?"

Er: „Weil wir angefragt haben, ob wir bei ihr auf dem Rückweg übernachten können."

Sie: „Und dann hat sie Lisa angerufen? Warum?"

Er: „Sie hat erfahren, dass Lisa auch auf Korsika ist."

Sie: „Also hat Lisa sie angerufen. Warum?"

Lisa: „Ich habe heute Mittag ein Foto auf facebook eingestellt, da bin ich auf Korsika zu sehen. Das hat Brigitte gesehen."

Sie: „Was hat das denn damit zu tun? Kann mir denn keiner mal eine vernünftige Erklärung liefern?"

Am nächsten Tag.

Sie: „Wer erklärt mir jetzt mal die Zusammenhänge? Gestern hatte ich leider einen Filmriss!"

Für den Notfall planen

Nach einer Woche sind sie zurück in der Werkstatt und fragen am Mittag nach, ob alles fertig ist. Das Ersatzteil ist immer noch nicht da, es soll nachmittags eintreffen und sofort eingebaut werden. Die 150 km bis zur Fähre müssen sie dann über die Landstraße so schnell fahren, dass sie um 20 Uhr die Fähre noch erreichen und im letzten Augenblick mitgenommen werden können.

Er: „Vor 17.30 Uhr sind die nicht fertig, und das auch nur, wenn direkt repariert wird. Um 19 Uhr wird es dunkel. Dann sollten wir schon am Schiff sein."

Sie: „Das schaffen wir nicht. Wir übernachten noch mal und fahren morgen früh, dann haben wir noch genügend Zeit in Ruhe alles zu regeln."

Der Mietwagen wird einen Tag länger gebucht, ebenso eine Villa als Unterkunft für eine Nacht, die erstaunlich preiswert ist. Dagegen ist es erstaunlich teuer, die Fähre auf den nächsten Tag umzubuchen.

Das Handy läutet, es ist die Werkstatt.

Sie: „Wetten, die haben das Ersatzteil immer noch nicht?"

Tatsächlich werden sie gebeten, bis zum nächsten Tag zu warten, dann sei das Ersatzteil schon morgens da.

Die Villa liegt am Berghang mit Blick auf die Meeresbucht von Potro-Vecchio, es ist schönes Wetter.

Sie: „Vielen Dank, liebe Benzinpumpe, das ist bisher die schönste Unterkunft, ohne dich hätte ich das nicht kennen gelernt. Aber morgen muss das Auto fertig werden, für heute bin ich glücklich, wenn ich mir gleich noch ein paar Bier reinziehe."

Zeitig am nächsten Morgen sind sie in der Werkstatt. Das Ersatzteil ist erneut nicht angekommen. Am nächsten Tag soll es aber sicher da sein.

Er: „Wir verschrotten das Auto. Wer weiß, ob es das Ersatzteil überhaupt noch gibt?"

Sie: „Das hat doch erst 370 000 km drauf, das wäre jetzt zu schade. Einen Tag warten wir noch."

Der Mietwagen wird um einen Tag verlängert. Die Vermieter der Villa sind einigermaßen erstaunt, dass nach dem morgendlichen Auszug nunmehr wieder ein Einzug erfolgt. Die erneute kostenträchtige Umbuchung der Fähre gestaltet sich schwieriger, gelingt aber, obwohl man offensichtlich am Verstand des Kunden zweifelt.

Sie: „Jetzt reicht es, Benzinpumpe. Heute ziehe ich mir ein Nervenbier rein, glücklich bin ich dann aber auch noch nicht."

Er: „Es wird Zeit für Plan B. Wenn das Ersatzteil morgen wieder nicht da ist, verabschieden wir uns mit Notgepäck, alles andere lassen wir hier. Sonst sitzen wir hier noch Weihnachten."

Sie: „Gut, ich packe. Jeder muss einen Koffer ziehen, eine Tasche tragen und einen Rucksack schultern."

Sie packt.

Er schleppt das Notgepäck von der Villa die Treppe hinauf zum Mietwagen.

Er: „Das können wir niemals tragen, das ist ja bleischwer. Was ist denn in dem Koffer?"

Sie: „6 bisher ungelesene Bücher, die Straßenatlanten, 11 korsische Würste, 3 Packungen mit vier verschiedenen Honiggläsern, korsischer Schinken, 2 Flaschen Wein und unsere Regenjacken. Im zweiten Koffer sind unsere übrigen Klamotten."

Er: „Das ist zu schwer."

Sie: „Da kann aber nichts raus."

Er: „Wir können es aber nicht bewältigen."

Sie: „Dann muss eben unser Auto repariert werden."

Er: „Aber wir haben doch unser Notgepäck für den Fall vorbereitet, dass das Auto verschrottet wird!"

Sie: „Für den Fall müssen wir es dann eben schaffen."

Er: „Es ist aber nicht zu schaffen!"

Sie: „Vielleicht wird das Auto ja doch fertig, dann ist es doch egal."

Er: „Dann hätten wir gar nicht umzupacken brauchen."

Sie: „Ich verstehe dich nicht. Du wolltest doch den Plan B. Und jetzt meinst du, dass wir alles überflüssigerweise gemacht hätten. So sicher ist es auch nicht, dass das Auto repariert wird."

Am nächsten Tag soll das Ersatzteil um 11 Uhr eintreffen. Sie sind vor Ort. Das Ersatzteil ist nicht geliefert, es soll um 14.30 Uhr eintreffen. Dann soll sofort die Reparatur erfolgen, so dass für die Fahrt zur Fähre genügend Zeit bleibt.

Sie: „Ich verfluche dich, du missgünstige Benzinpumpe. Du sollst verrotten in korsischen Regalen von unfähigen Ersatzteillieferanten, bis du zu Staub zerfällst."

Überraschenderweise trifft das Ersatzteil tatsächlich um 14.30 Uhr ein.

Sie: „Siehst du, manchmal hilft erst Verfluchen. Außerdem hätte ich gar kein Notgepäck zu packen brauchen."

Er: „Das hätte ja sowieso nicht geklappt!"

Sie: „Und warum wolltest du es dann?"

37. Geschickt sein

An den Mautstellen der Autobahnen in Frankreich stehen Automaten, mit denen man die Bezahlung abwickelt.

Sie: „Jetzt stehst du so weit vom Automaten weg, dass du mal wieder das Ticket nicht einführen kannst!" Zum Unmut der hinter ihnen wartenden Autofahrer muss er die Tür öffnen und sich losschnallen, um die Maut zahlen zu können.

Sie: „Das passiert dir jedes zweite Mal. Du musst einfach näher ranfahren." Als er müde ist, übernimmt sie das Fahren und muss ebenfalls durch eine Mautstelle.

Er: „Jetzt bist du auch zu weit weg."

Sie: „Ich bin näher dran als du, aber ich habe nicht so lange Arme wie du."

Er: „Dann muss du eben noch näher ranfahren."

Sie: „Dann stoße ich vielleicht gegen die Betonkante, die vor dem Automaten ist."

Er: „Das ist der Grund, weswegen ich auch manchmal zu weit weg stehe."

Sie: „Du könntest ja näher fahren, ohne das zu befürchten."

Er: „Wieso gilt bei dir etwas als entschuldigende Erklärung, was aber nicht bei mir gilt?"

Sie: „Du hast eben lange Arme und ich nicht."

Als sie das Wechselgeld aus dem Schacht nehmen will, fällt ihr eine Münze aus der Hand und rollt unter das Auto.

Sie: „Ich fahre das Auto durch die Schranke und hol mir dann die Münze."

Zufälligerweise steht kein Auto hinter ihnen, so dass die Münze problemlos aufgehoben werden kann.

Er: „Das ist mir bisher noch nicht passiert."

Sie: „Du musstest ja auch keine Diskussion über näheres Heranfahren an den Kassenautomaten führen!"

38. Einen Witz richtig erzählen

Er will telefonisch einen Witz erzählen. Sie kennt den Witz auch und sitzt daneben. Das Telefon steht in der Mitte auf „laut", beide können mit der Tochter reden.

Er: „Ein Obdachloser schaut in einen Müllcontainer."

Sie: „Das war kein Obdachloser, das war ein Penner."

Er: „Ich weiß zwar nicht, warum das ein Penner sein soll..."

Sie: „Ist doch klar, der sucht nach Nahrungsmitteln."

Er: „Na gut, also ein Penner schaut in einen Müllcontainer."

Sie: „In eine Mülltonne."

Er: „Wieso nicht in einen Müllcontainer?"

Sie: „Da käme er doch gar nicht an die Nahrungsmittel, der ist doch viel zu tief."

Er: „Es geht doch gar nicht um Nahrungsmittel, sondern um einen Spiegel, den er findet."

Sie: „Das weiß er doch nicht vorher. Außerdem wäre der Spiegel in dem tiefen Container kaputtgegangen."

Er: „Es kommt darauf an, wie hoch er bereits gefüllt war. Außerdem passt keine Leiche in eine Mülltonne."

Sie: „Das darfst du jetzt noch nicht sagen. Das macht ja die Pointe kaputt."

Er: „Also, wenn du unbedingt willst: Ein Penner schaut in eine Mülltonne."

Sie: „Du musst noch sagen, warum."

Er: „Warum?"

Sie: „Willst du mich ärgern?"

Er: „Warum?"

Sie: „Weil du mich nachäffst."

Er: „Wieso äffe ich dich nach?"

Sie: „Weil du immer ‚warum' sagst."

Er: „Ich sage warum, weil ich etwas wissen will."

Sie: „Was denn?"

Er. „Das weiß ich jetzt auch nicht mehr."

Sie: „Da kann man sehen, dass es eine Ausrede ist."

Das „Tut-tut" des Telefons lässt erkennen, dass der Gesprächspartner das Gespräch beendet hat: Die Tochter hat aufgelegt.

Sie: „Das kommt davon, wenn man keine Witze erzählen kann. Dann sollte man es eigentlich auch bleiben lassen."

39. Einen Witz verstehen

1. Versuch

Er hat im Internet einen Witz gelesen:

In einer Anstalt für geistig Behinderte fragte ich den Arzt, aufgrund welcher Befunde er entscheide, dass ein Patient der Behandlung bedürfe. „Wir füllen eine Badewanne mit Wasser, geben dem Patienten einen Eimer, eine Tasse und einen Teelöffel und bitten dann den Patienten die Badewanne zu leeren."

„Ah, verstehe! Ein Nichtbehinderter nimmt natürlich den Eimer, weil mehr in ihn reinpasst als in eine Tasse oder einen Teelöffel!" „Nein!", sagte der Arzt. „Er würde den Stöpsel ziehen! Möchten Sie ein Bett in Fensternähe?"

Während sie auf der Toilette sitzt, erzählt er ihr den Witz durch die geschlossene Tür.

Er: „Ein Irrenarzt erklärt einem wissbegierigen Besucher einen Test, mit dem er feststellt, ob ein Patient sie nicht alle beisammen hat…"

Sie: „Wenn man deine Wortwahl zugrunde legte, wäre bei dir die Frage schon beantwortet."

2. Versuch

Er: „Also der Arzt erklärt, dass er den Patienten zu einer mit warmem Wasser gefüllten Badewanne führt und ihm einen Eimer, einen Becher und einen Teelöffel überreicht."

Sie: „Hat er dem Patienten gesagt, ob er ein Bad nehmen soll und was er mit den Sachen machen soll?"

Er: „Nein!"

Sie: „Das ist mal wieder typisch. Wahrscheinlich macht der Patient jetzt etwas, was der Arzt als geisteskrank betrachtet."

Er: „Was denn z. B.?"

Sie: „Vielleicht nimmt er ein Bad!"

Er: „Oder?"

Sie: „Vielleicht misst er, wieviel Becher in den Eimer passen, oder wieviel Teelöffel in den Becher…"

Er: „Ist es nicht viel wahrscheinlicher, dass er erwartet, dass der Patient die Badewanne leert?"

Sie: „Das ist ja Blödsinn. Wenn er in der Badewanne sitzt, will er das nicht, wenn er raus will, zieht er den Stöpsel. Also kann es das nicht sein."

Er: „Sag mal, kennst du den Witz?"

Sie: „Welchen Witz?"

3. Versuch

Er: „Also eigentlich geht der Witz so: Der Arzt hat also die Schöpfinstrumente erklärt. Da sagt der neugierige Besucher: ‚Ach so, ich verstehe.

Wenn der Patient den Eimer nimmt, um die Badewanne auszuschöpfen, dann ist er normal, nimmt er den Teelöffel, dann ist er nicht mehr zurechnungsfähig.' "

Sie: „Ich habe das Gefühl, dass der Besucher nicht mehr zurechnungsfähig ist!"

Er: „Das hat der Arzt auch gesagt: ‚Ein normaler Mensch hätte den Stöpsel gezogen. Wollen Sie auch ein Bett, vielleicht neben dem Fenster?'"

Sie: „Wieso neben dem Fenster?"

Er schweigt.

Sie: „Ich habe das Gefühl, der Arzt hätte sich gleich danebenlegen sollen, der ist ja ganz durchgeknallt. Jedenfalls kannst du keine Witze erzählen. Vor lauter dummem Zeug bin ich hier immer noch nicht weitergekommen. Also verschwinde jetzt mal, damit ich in Ruhe Rätsel lösen kann."

40. Verdächtigungen aushalten

Um bei der Reservierung von Übernachtungen für das jeweilige Hotel erreichbar zu sein, muss eine Telefonnummer angegeben werden.

Er: „Welche Nummer geben wir an? Deine oder meine?"

Sie: „Du hast dein Handy sowieso die meiste Zeit irgendwo verlegt, da würde deine Telefonnummer sowieso nichts nützen, wenn du dein Handy ewig nicht dabeihast. Du kennst ja noch nicht mal deine Handy-Nummer auswendig!"

Er: „Gut, dann nehmen wir deine. Die kenne ich aber auch nicht auswendig."

Sie nimmt einen Zettel und notiert ihre Nummer.

„Du kannst die Nummer dann hier abschreiben, wenn du sie brauchst. Ich gehe jetzt einkaufen, wenn die Handwerker für die Reparatur der Küche kommen, ruf mich auf meinem Handy an, ich möchte dabei sein und am Ende sehen, ob alle Beanstandungen in der neuen Küche behoben sind."

Sie geht einkaufen. Nach einer Stunde erscheinen die Handwerker. Als er sie anrufen will, stellt er fest, dass bei seinem Handy die Batterie leer ist. Er muss sie also vom Festnetz anrufen. Dort stellt er fest, dass Ihre Handy-Nummer nicht eingespeichert ist. Er holt den Zettel und wählt.

Stimme: „Ja?"

Er: „Die Handwerker sind da!"

Stimme: „Was wollen Sie?"

Er: „Du weißt doch, was ich will. Da haben wir doch eben drüber gesprochen. Du wolltest das doch!"

Stimme: „Sie unverschämter Perversling, ich zeige Sie an!"

Das Gespräch wird abrupt beendet.

Ihm dämmert, dass dies nicht der richtige Anschluss war.

Er denkt: „Habe ich mich wohl verwählt. Also nochmal!"

Er wählt erneut.

Die Verbindung kommt zustande, aber es erfolgt keine Reaktion auf den Anruf.

Daraufhin er: „Liebling, bist du es?"

Stimme: „Da ist die perverse Sau wieder!"

Diesmal legt er direkt auf. Er hat sich garantiert nicht verwählt.

Als sie zurückkehrt, sind die Handwerker bereits gegangen.

Sie, erbost: „Warum hast du mich nicht angerufen?"

Er: „Ich konnte dich nicht erreichen. Du hast mir eine falsche Telefonnummer gegeben!"

Sie prüft den Zettel.

Sie: „Tatsächlich, anstatt einer 0 steht hier die 9 als letzte Ziffer. Und du hast es mal wieder nicht gemerkt, weil du dir keine Telefonnummern merken willst.“

Die französische Hochzeit

Die Einladung

Sie: „Mona hat geschrieben. Sie lädt uns zu ihrer Hochzeit ein."

Mona ist die älteste Tochter einer japanischen Freundin und eines deutschen Mannes.

Er: „Wann denn?"

Sie: „In zwei Wochen, am Samstag!"

Er: „Dann sag mal zu, bis Düsseldorf ist es ja nicht so weit."

Sie: „Die Hochzeit findet in der Bretagne statt. Du weißt ja, dass sie einen französischen Freund hat. Sie schreibt, dass die Feier in einem Schloss stattfindet. Mart und Louéva sind auch eingeladen!"

Mart ist unser Sohn, Louéva seine französische Ehefrau.

Er: „In einem Schloss? Geht es nicht eine Nummer kleiner? Andererseits möchte ich das mal gerne erleben!"

Sie: „Das bezahlt bestimmt der Schwiegervater von Mona, der verdient das große Geld! Für die Übernachtung der Gäste ist auch gesorgt."

Er: „Also fahren wir am Freitagmittag nach der Arbeit los, bis abends spät, und übernachten in einem Hotel in der Nähe des Ortes, wo sie heiraten. Dann sind wir am Samstag pünktlich bei der Zeremonie im Rathaus anwesend. Das sind immerhin 1000 km. Ist das nicht zu stressig?"

Sie: „Du fährst ja die ganze Zeit. Das wird schon gehen!"

Die Fahrt zur Hochzeit: abends

Am Freitagabend um 23 Uhr sitzen Sie und Er in der Bar eines französischen Dorfes.

Er: „Zwei Bier, bitte! Ich musste jetzt mal Pause machen! Das Hotel ist zwar nur noch 50 km entfernt, aber ich kann nicht mehr. Die Franzosen fahren wie die Henker. Verkehrsregeln wie Vorfahrt achten, Geschwindigkeitsbegrenzung, Überholverbot kennen die nicht oder ignorieren sie. Wenn die ihre anderen Gesetze genauso befolgen, dann ist es ja nicht verwunderlich, dass in dem Land alles drunter und drüber geht. Da lob ich mir doch das besonnene Verhalten deutscher Autofahrer!"

Sie: „Du bist aber auch ganz schön gedüst, Höchstgeschwindigkeit interpretierst du auch sehr freizügig!"

Er: „Wenn ich mich nicht an die lockeren Sitten hier anpasse, gehe ich unter. Noch zwei Bier! Junge, habe ich einen Durst."

Sie: „Ich habe noch Frikadellen von zu Hause mit in meiner Handtasche."

Er: „Nein, danke! Noch zwei Bier, bitte!

Sie: „Du legst eine ganz schöne Schlagzahl vor. Denk dran, wir sind noch nicht da!"

Er: „Na, die restlichen 50 km reiß ich auf einer Arschbacke ab!"

Ein Tischnachbar neigt sich herüber.

„Entschuldigen Sie, ich habe gerade draußen gesehen, dass Sie aus Mettmann in Deutschland kommen. Mein Name ist Jacques Flégéot. Zufällig arbeitet meine Tochter am Gymnasium in Mettmann als Austauschlehrerin. Vielleicht kennen Sie sie? Ihr Vorname ist Amélie."

Er: „Was für ein Zufall! Das ist in unserer Nachbarschule. Ich habe nur Gutes von ihr gehört!"

Sie: „Woher kennst du die?"

Er: „Die Schüler haben sie sehr gerne. Sie ist immer so freundlich!"

Jacques: „Drei Pastis, bitte! So ein schöner Zufall!"

Er. „Wir müssen jetzt leider weiterfahren! Wir bestellen noch schöne Grüße!"

Jacques: „Noch drei Pastis zum Abschied! Und gute Fahrt!"

Draußen.

Sie: „Woher kennst du die Amélie?"

Er: „Ich kenne keine Amélie."

Sie: „Was? Hast du ihn angelogen?"

Er: „Ich habe ihn glücklich gemacht! Was hat er sonst vom Leben hier am Arsch der Welt?"

Sie: „Sag mal, bist du überhaupt noch fahrtüchtig? Ich könnte keinen Meter mehr fahren!"

Er: „Natürlich kann ich noch fahren! Werde ich ja wohl auch müssen, wenn wir noch im Hotel ankommen wollen! Zum Glück gibt es hier keine Kontrollen, die Franzosen nehmen es eben nicht so genau!"

Sie fahren los. Nach 100 m sehen sie am Ortsrand eine Polizeikontrolle.

Sie: „Da! Eine Kontrolle!"

Er schaltet die Scheinwerfer aus, reißt das Steuer herum und fährt auf einen unbefestigten Weg voller Schlaglöcher, steuert dann mit erheblicher Geschwindigkeit eine Auffahrt hoch in eine offene Scheune.

Er: „Runter mit den Köpfen auf den Sitz! Sonst entdecken die uns!"

Nach 10 Minuten.

Sie: „Ich kann nicht mehr!"

Er: „Ich glaube, wir können uns jetzt hinsetzen!"

Sie: „Können wir jetzt ins Hotel fahren?"

Er: „Wir haben doch keine Ahnung, wie lange die Polizeikontrolle noch dauert. Wenn die uns erwischen, werde ich verknackt und bin den Führerschein los. Dann kommen wir nie zur Hochzeit an!"

Sie: „Was heißt das?"

Er: „Wir müssen hier übernachten!"

Sie: „Nein!"

Er: „Willst du lieber im Knast sitzen? Die Franzosen spaßen nicht mit ihren Gesetzen! Die sind knallhart! Ich werfe das Gepäck auf die Vordersitze, dann können wir auf der Ladefläche schlafen."

Sie: „Das ist doch nicht dein Ernst!"

Er: „Na klar!"

Sie: „Ich will ins Hotel! Schließlich haben wir schon bezahlt!"

Er: „Dann müssen wir 50 km zu Fuß gehen, vielleicht schaffen wir das bis morgen früh!"

Sie: „Räum alles frei. Ich bin hundemüde!"

Die Fahrt zur Hochzeit: morgens

Sie: „Wie spät ist es?"

Er: „Gleich 6! Es ist schon hell!"

Sie: „Ich habe die ganze Zeit kein Auge zugetan. Ich bin total fertig! Außerdem ist mir kalt!"

Er: „Na gut, wir fahren los! Zur Vorsicht fahr ich am anderen Ende des Dorfes raus, wer weiß, vielleicht stehen die immer noch da, wo sie gestern Abend standen. Unser Restalkohol würde beim Ausatmen dazu reichen, mehrere Verkehrskontrollen zu betäuben. Wir suchen uns jetzt ein ruhiges Plätzchen, wo wir noch etwas schlafen können."

Auf einem sonnenbeschienenen Feldweg mehrere Kilometer hinter dem Dorf.

Er: „Hier ist es einsam genug. Ich werfe das Gepäck wieder nach vorne und wir halten noch ein Schläfchen. Es ist auch nicht mehr kalt."

Sie: „Ich weiß nicht, ob ich bei den Kopfschmerzen überhaupt einschlafen kann!"

Er: „Das war der Pastis, mir geht´s genauso!"

Kurz danach schlafen beide ein.

Einige Zeit später werden sie durch einen Lärm, der an die Trompeten von Jericho erinnert , aus dem Schlaf geschreckt. Eine riesige Landmaschine lässt ein infernalisches Hupkonzert ertönen.

Er: „Scheiße, Scheiße, Scheiße! Wir stehen dem im Weg! Der kann nicht vorbei!"

Sie: „Mein Kopf platzt gleich! Fahr doch zu Seite!"

Er: „Das geht nicht! Links und rechts neben dem Weg sind Gräben!"

Sie: „Dann fahr doch los!"

Er: „Das Gepäck liegt doch auf dem Fahrersitz! Das muss ich erst wegräumen! Ich bin aber nur in der Unterhose, weil mir so warm war. Jetzt bin ich klatschnass geschwitzt!"

Sie: „Du musst jetzt wegfahren, ich kann das Getöse nicht mehr aushalten!"

Er steigt in Unterhose aus und wirft hektisch Gepäckstücke nach hinten.

Der Fahrer der Landmaschine trompetet derweil ... - - - ..., also SOS im Morsealphabet.

Er: „Das kann ich nicht witzig finden!"

In Unterhose fährt er schließlich los.

Sie: „Es ist jetzt 10 Uhr, die Trauung im Rathaus ist um 11! Schaffen wir das?"

Er: „Das schaffen wir leicht!"

Sie: „Ich bin total durchgeschwitzt und fühle mich wie ein alter Putzlappen! Ich muss mich unbedingt waschen – und du auch! Wir müssen auch noch unsere Hochzeitsklamotten anziehen!"

Er: „Es bleibt noch Zeit für alles!"

Vor der Feier

Er: „Bis zum Rathaus ist es jetzt nicht mehr weit! Wir parken hinter den Bäumen, da können wir uns pflegen und umziehen. Ich habe für alle Fälle immer einen Kanister Wasser dabei. Es ist jetzt Viertel vor 11. 5 Minuten brauchen wir noch für die Fahrt, also haben wir noch 10 Minuten!"

Sie: „Das gibt mal wieder eine Hetze!"

Er: „Zum Frühstück gibt es höchstens die Frikadellen von gestern!"

Sie: „Ich möchte vor der Hochzeit ungern kotzen!"

Er: „Nach der Zeremonie gibt es bestimmt einen Empfang. Da gibt es garantiert etwas Gutes zu essen."

Sie: „Deine Planung ist einfach vorbildlich. Du bist so gut zu mir!"

Kurz vor 11 Uhr erreichen sie das Rathaus, in dem die Trauung stattfinden soll.

Er: „Guck mal, da läuft Mona über die Straße. Hallo Mona!"

Mona: „Wie toll! Ihr seid tatsächlich gekommen! Aber ihr seid zum Glück nicht zu spät! Die Hochzeit ist um eine Stunde verschoben worden, der Bürgermeister hatte noch einen dringenden Termin."

Er: „Na, Gott sei Dank! Dann können wir wenigstens noch eine Kleinigkeit frühstücken!"

Mona: „Ach, ihr Armen, ihr habt noch nicht gefrühstückt? Hier gibt es um die Ecke ein kleines Café, da kriegt ihr was. Aber bleibt nicht zu lange, es sind ziemlich viele Leute im Amtsraum und es gibt nicht so viele Sitzplätze. Der Raum ist ziemlich klein. Ihr müsst sonst die ganze Zeit stehen. Nach der Trauung gibt es außerdem einen Empfang mit kulinarischen Leckereien!"

Sie: „Ich kann auf keinen Fall die ganze Zeit stehen!"

Er: „Du gehst schon mal in den Raum für die Zeremonie, ich hole etwas zu essen im Café, komme dann zu dir, und während wir warten, essen wir etwas!"

Sie parken, sie geht in den standesamtlichen Raum, er holt belegte Baguettes aus dem Café. Dort herrscht ein ziemlicher Andrang, so dass er erst gegen halb 12 wieder auftaucht. Fast alle Sitzplätze im Zeremonienraum sind bereits belegt. Die Assistenten des Bürgermeisters sitzen auch schon vorne auf ihren Plätzen.

Er: „Mensch, hat das lange gedauert. Hier sind die Brote. Ich habe auch noch nichts gegessen!"

Er gibt ihr ein großes Baguette, nimmt sich selbst ein ähnliches, und beide beißen hinein.

Ein Assistent des Bürgermeisters sieht das, steht auf, zeigt auf die Beiden und wackelt dann missbilligend mit dem Zeigefinger, wobei er ein „Ts,ts,ts!" ausstößt. Alle anwesenden Gäste drehen sich zu den beiden um, einige kichern.

Sie: „Mann, wie peinlich!"

Er: „Eins ist klar: Hier können wir nichts essen! Wir müssen nach draußen gehen!"

Sie: „Kommt überhaupt nicht in Frage! Dann sind die Plätze weg. Das überlebe ich nicht, wenn ich die ganze Zeit stehen muss!"

Er: „Irgendwie ist das pervers, wenn wir Hunger haben und essen könnten, aber nicht dürfen! Die Franzosen nehmen es aber auch zu genau!"

Sie: „Wenn die Franzosen es so genau nehmen: Warum dürfen dann alle Frauen ihren Hut aufbehalten, auch wenn er von abenteuerlicher Geschmacklosigkeit ist? Außerdem tut mir schon der Hintern weh vom Sitzen auf diesen harten Bänken!"

Die Zeremonie

Der Bürgermeister erscheint fast eine halbe Stunde später als angekündigt. Er trägt eine Amtskette und nimmt hinter dem großen Tisch zwischen seinen Assistenten Platz. Der Raum ist völlig überfüllt und es herrscht eine fast unerträgliche Hitze.

Die Zeremonie beginnt, alle stehen auf, nur sie nicht.

Er: „Steh bitte auf! Es geht los!"

Sie: „Ja, gleich!"

Er: „Du pennst ja dauernd ein!"

Sie bleibt sitzen.

Er: „Du fängst ja an zu schnarchen! Die gucken schon wieder alle!"

Sie: „Das ist mir egal! Was der Bürgermeister da vorne erzählt, verstehe ich sowieso nicht! Dann kann ich auch schlafen!"

Er: „Du kippst ja dauernd um, wenn ich dich nicht festhalte!"

Sie: „Dann setz dich eben neben mich!"

Er: „Mann, ist das peinlich!"

Nach einiger Zeit.

Er: „Komm, wir gehen! Die Zeremonie ist vorbei."

Sie: „War´s schön?"

Der Empfang

Sie fahren bis zum Schloss, in dem die Feier stattfinden soll.

Sie: „Gibst du mir jetzt unser Baguette, das du gekauft hast? Ich habe einen ungeheuren Hunger!"

Er: „Die habe ich während der Zeremonie unter den Stuhl gelegt und da vergessen! Aber jetzt beim Empfang gibt es reichlich!"

Vor dem Schloss sind Tischreihen für den Empfang aufgebaut. Massen von Appetithäppchen, Wein, und eine Reihe Champagnerflaschen stehen für die Gäste bereit.

Mart und Louéva sind bereits da.

Er: „Mona hat mir eben gesagt, dass es bis zur Eröffnung des Empfangs noch etwas dauern wird. Erst werden vom Brautpaar und den Gästen Fotos geschossen."

Sie: „Das halte ich nicht so lange aus. Mittlerweile weiß ich gar nicht, ob ich mehr Hunger oder Durst habe! Mart, kannst du mal fragen, ob ich wenigstens vorher etwas zu trinken kriegen kann?"

Mart kehrt nach kurzer Zeit mit zwei vollen Gläsern zurück.

Mart: „Die junge Frau dort hatte Verständnis, dass man bei der Hitze etwas trinken muss! Sie hat mir sogar zwei Gläser Champagner gegeben!"

Sie: „Ich dachte eigentlich an Wasser! Aber jetzt trink ich alles, so einen Durst habe ich. Und Champagner ist ja auch angenehm kalt. Kann ich beide haben?"

Mart: „Ich geh noch mal Nachschub holen! Oder besser Wasser?"

Sie: „Jetzt, wo wir mit Champagner angefangen haben, können wir auch damit weitermachen!"

Nach einiger Zeit.

Er: „Der Empfang ist eröffnet. Jetzt gibt es auch etwas zu essen!"

Sie: „Ich habe keinen Hunger mehr. Ich muss schlafen!"

Er: „Aber jetzt geht es doch erst richtig los!"

Sie: „Für mich ist aber erst mal Schluss! Ich muss in einem vernünftigen Bett schlafen, wenigstens zwei Stunden. Komm wir fahren zur Unterkunft und kommen später zurück."

Das Souper

Mart: „Wo wart ihr denn die ganze Zeit? Auf einmal wart ihr verschwunden!"

Er: „Wir mussten uns etwas ausruhen!"

Mart: „Es ist jetzt schon Zeit für das Souper! Das wird in einem großen Raum zusammen mit dem Brautpaar und allen Gästen eingenommen. Diesmal haben wir einen Sitzplatz sicher, es gibt nämlich Platzkärtchen."

Er: „Meine Güte, da traut man sich gar nicht hin, so vornehm ist das!"

Sie: „So vornehm, dass ich da nichts essen würde, kann das gar nicht sein bei meinem Kohldampf! Wir gehen schon mal rein, da kann ich mich hinsetzen und auf die Vorspeise warten! Guck mal, da laufen die Frauen noch immer mit den scheußlichen Hüten rum!"

Louéva: „Das ist in Frankreich so Tradition. Bei Eheschließungen tragen die Frauen besonders ausgefallene Hüte. Die müssen auch nicht unbedingt geschmackvoll sein. Das gilt aber nur für die Hüte, nicht für die übrige Kleidung."

Sie: „Na ja, ich darf nicht meckern! Guck mal, was ich hier für einen Fettfleck auf dem Rock habe. Da ist mir im Standesamt-Raum ein Stück

Ei mit Remoulade draufgefallen, als dieser französische Aufpasser uns verboten hat zu essen."

Er: „Das sieht aus wie Sylt!"

Sie: „Was sieht so aus?"

Er: „Na, der Fettfleck!"

Sie: „Verstehe ich nicht!"

Er: „Der Umriss des Fettflecks sieht so ähnlich aus wie der Umriss von Sylt!"

Mart: „Eher wie der von Israel!"

Er: „Darf ich gleich noch neben Sylt mit der Vorspeise Föhr machen?"

Mart: „Oder ich Jordanien?"

Sie: „Wenn ihr zwei zusammen seid, dann kriegt man einen Hörsturz!"

Durch das repräsentative Eingangsportal betreten sie den Speiseraum.

Er: „Der Raum ist zwar groß, aber für die Masse an Gästen eher zu klein. Schaut mal, wie eng die riesigen runden Tische mit den Stühlen zusammenstehen. Da kommt man ja kaum durch!"

Sie: „Das sind ja auch Plastikstühle für den Gartenbereich von der billigsten Sorte. Da muss man aufpassen, dass die Beine nicht umknicken, solche Dinger hatten wir auch mal. Die Tische sind auch nur Plastikplatten, die auf wackeligen Klappgestellen aufliegen. Für ein Schloss stelle ich mir eine andere Einrichtung vor."

Mart: „Ihr mit euren deutschen Ansprüchen! Die Franzosen denken eben praktisch! Wir suchen jetzt unsere Namensschildchen und setzen uns schon mal auf die Plätze!"

Der Tisch für die deutschen Gäste steht im hinteren Bereich des Raumes, wo noch verhältnismäßig viel Platz ist. Nach und nach füllt sich der Raum.

Mona erscheint schließlich.

Mona: „Es sind noch überraschenderweise vier Gäste mehr gekommen, für die wir noch Plätze benötigen. Dafür müssen wir noch einen Tisch aufbauen. Hier ist noch am meisten Platz. Würde euch das sehr stören, wenn wir neben euch noch einen Tisch mit Stühlen stellen?"

Mart: „Überhaupt nicht! Wir haben Platz genug!"

Mona: „Vielen Dank! Wir setzen dann an den neuen Tisch Kinder, die brauchen am wenigsten Platz. Euren Tisch rücken wir ganz in die Ecke, da werdet ihr am wenigsten gestört."

Der Tisch und die Stühle werden hereingebracht, sechs französische Kinder nehmen an ihm Platz.

Der französische Vater des Bräutigams bittet um Ruhe. Er begrüßt die Gäste namentlich, die jeweils das Wort ergreifen, um ihre Beziehung zum Bräutigam oder zur Braut zu erklären, wobei manche Anekdote zum Besten gegeben wird.

Sie: „Mann, das dauert ja! Dabei verstehe ich nur die Hälfte und behalten kann man das sowieso nicht!"

Er: „Du wirst auch etwas sagen müssen!"

Sie: „Auf keinen Fall! Mart, das musst du machen!"

Mart erklärt sich dazu bereit.

Die deutschen Gäste werden vom Vater des Bräutigams nur pauschal vorgestellt, weil er sie nicht kennt. Mart erläutert kurz die Beziehung unserer Familie zur deutsch-japanischen Familie der Braut.

Mart: „Mit Mona habe ich oft gespielt. Am liebsten haben wir uns in leere Regalfächer des Wohnzimmerschranks gelegt. Eigentlich wollten wir beide ja heiraten! Ich habe ihr später nämlich mal im besoffenen Kopf einen Heiratsantrag gemacht und sie hat ihn angenommen!"

Außer dem Brautpaar lacht keiner.

Er: „Die haben wohl einen anderen Humor!"

Danach kündigt der Vater des Bräutigams einige künstlerische Darbietungen der Gäste zu Ehren des Brautpaares an. Es werden Gedichte vorgetragen, danach erfolgt der Gesangsvortrag einer japanischen Opernsängerin. Die Kinder am Nebentisch werden immer unruhiger, einige äffen die Sängerin halblaut nach. Der Vater des Bräutigams läuft zu ihrem Tisch und mahnt sie mit wütender Stimme zur Ruhe, allerdings nur mit mäßigem Erfolg. Seine wiederholten Ermahnungen sind im ganzen Saal zu hören. Der Gesangsvortrag wird aber erst beendet, als einige Kinder aus Langeweile mit den Plastikstühlen anfangen zu wippen, bei einem größeren Kind die Stuhlbeine umknicken und Stuhl und Kind mit Gepolter umkippen.

Sie: „Mir ist schlecht vor Hunger!"

Er: „Vorne wird schon die Vorspeise serviert. Die ersten beiden Tische sind schon bedient."

Sie: „Gott sei Dank!"

Schließlich steht auf fast allen Tischen die Vorspeise.

Sie: „Wieso kriegen wir keine Vorspeise? Es laufen gar keine Kellner mehr rum!"

Ein Kellner spricht mit Mona, die daraufhin offensichtlich wütend wird und zu unserem Tisch eilt.

Mona: „Seid nicht böse! Dadurch, dass noch unverhofft mehr Gäste gekommen sind, hat die Küche zu wenig Vor- und Hauptspeisen. Weil ihr so weit hinten sitzt, war für euch nichts mehr da. Ich habe aber vom Koch die Zusage, dass er schnell etwas anderes vorbereitet. Ein bisschen Zeit wird es aber in Anspruch nehmen. Ihr könnt in der Zwischenzeit ja etwas trinken. Es tut mir wirklich leid."

Mart: „Wir fallen ja noch nicht vom Fleisch. Ist schon in Ordnung, Mona! Außerdem ist dein Vorschlag derweil etwas zu trinken, sehr gut."

Zunächst werden während der Wartezeit die zwei Flaschen Wein, die auf dem Tisch stehen, geleert. Während des Soupers muss Mart mehrere Male Nachschub aus dem Flur, der zum Festsaal führt, besorgen. Dabei wird seine Artikulation reichlich verwaschen und sein Gang erheblich unsicherer. Vor dem Dessert, als die anderen Gäste schon zu Ende gegessen haben, das Geschirr aber noch auf dem Tisch steht, macht sich Mart erneut auf, um für weitere Getränke zu sorgen. Dabei stößt er gegen das Eisengestell des Kindertisches, das geräuschvoll zusammenklappt, und die darauf liegende große Plastiktischplatte donnert mitsamt dem Geschirr auf den Boden.

Sie: „Wir gehen. Mart, du und Louéva, ihr könnt ja noch weiter feiern, aber ich sehe alles doppelt!"

Er: „Ja, bis morgen. Es war eine ganz schöne Feier, auch wenn nicht alles geklappt hat."

Mart: „Zumindest der Tisch ist geklappt! Wollen wir noch einen Letzten trinken?"

Sie: „Für mich ist das Fest beendet. Wenn ich jetzt noch einen Letzten trinke, ist es der Letzte in meinem Leben!"

Parken in Spanien

Ihr gemietetes Ferienhaus liegt in einer Urbanización, also in einem Gebiet mit Bebauung neueren Datums, meist in einiger Entfernung von den gewachsenen, alten Dörfern oder Städten. Die Urbanización ist durch eine kurvenreiche, enge Küstenstraße von ca. 3 km Länge mit dem Küstenstädtchen verbunden. Enge Spitzkehren, steile Abschnitte mit Serpentinen, nicht einsehbarer Verlauf der Straße führen dazu, dass auf der gesamten Strecke eine Geschwindigkeitsbegrenzung von 30 km/h vorgeschrieben ist.

Die Versorgungsmöglichkeiten in einer Urbanización sind in der Regel begrenzt, so dass Sie und Er bereits am zweiten Tag zum Küstenstädtchen unterwegs sind, um das Nötigste einzukaufen. Seitdem sie auf die Küstenstraße eingebogen sind, hängt ein Wagen mit spanischem Kennzeichen ungefähr 1mm hinter ihnen. Er fährt die vorgeschriebene 30 km/h und lässt sich weder durch Lichthupen, lautes Dauerhupen und ständige Drängelei noch durch Scheinüberholmanöver dazu verleiten schneller zu fahren. Als sich kurz vor Erreichen des Ortes eine Überholmöglichkeit ergibt, nutzt der Spanier diese mit quietschenden Reifen und zeigt im Vorbeifahren den international bekannten Mittelfinger.

Er: „Die fahren wie die Henker! Dass sie dadurch sich und andere gefährden, scheint denen egal zu sein!"

Sie: „Du bist aber tatsächlich nervend langsam geschlichen, meist noch unter 30 km/h!"

Er: „Jetzt fängst du auch noch an! Da muss man sich noch anmachen lassen, wenn man mit allen Kräften Leib und Leben schont."

Sie: „Ja, ja, ist ja schon gut, du Ritter ohne Furcht und Tadel!"

Mittlerweile finden sie auf dem zentralen Parkplatz einen freien Platz.

Sie: „Hast du schon einen Parkschein gezogen?"

Er: „Du hast doch gerade noch erlebt, dass denen Vorschriften egal sind! Die Parkuhren stehen hier sowieso nur zur Dekoration herum! Das kommt noch aus der Zeit der Hexenverfolgung, als man den Frauen die Folterinstrumente zeigte, damit sie sofort im Sinne der Obrigkeit ein Geständnis ablegten. Mich schrecken aber die Parkuhren nicht so, dass ich zu zahlen bereit bin."

Sie: „Deine Widerstandsallüren solltest du weniger an Parkgebühren austoben."

Er: „Komm, du kannst sowieso nicht bezahlen, ich habe das Geld eingesteckt, und ich rücke nichts raus!"

Sie erledigen ihre Besorgungen in der Stadt und kehren dann gegen 11 Uhr zum Parkplatz zurück.

Sie: „Siehst du auch, was ich sehe?"

Er: „Was meinst du?"

Sie: „Den kleinen weißen Zettel an der Windschutzscheibe!"

Er: „Das ist kein Zettel, sondern ein Brief, wie du an dem Umschlag erkennen kannst!"

Sie: „Dann schau mal nach, was das Porto kostet!"

Er fingert den Brief von der Windschutzscheibe und zieht einen eng beschriebenen Zettel heraus.

Er: „80 €!"

Sie: „Was?"

Er: „Ja, wirklich! 80 €, reduziert 40 €! Hier, guck!"

Sie: „Tatsächlich! Die sind ja genauso bekloppt wie du! Die Obrigkeit schlägt zurück! Was heißt denn reduziert?"

Er: „Wahrscheinlich kann man durch gewisse Demutsbezeugungen die Obrigkeit gnädiger stimmen. Ich habe jetzt aber keine Lust mich mit der ellenlangen spanischen Litanei auf dem Zettel auseinanderzusetzen. Das kann bis zu Hause warten."

Zuhause ignoriert Er den Zettel zunächst über 2 Stunden. Es ist nach 2 Uhr, als Er anfängt ihn zu studieren.

Nach kurzer Zeit.

Sie: „Wie erreichen wir eine Reduktion der Strafe?"

Er: „Wir müssen sofort los! Ich erzähl dir im Auto alles!"

Im Auto.

Sie: „Was ist überhaupt los?"

Er: „Die spanische Obrigkeit hat in Anlehnung an Praktiken der katholischen Kirche die Möglichkeit eröffnet, durch Zu - Kreuze - Kriechen die ewige Strafe in eine zeitliche zu verwandeln. Die Seele ist dann wieder rein, wenn das Geld im Kasten klingt."

Sie: „Fasel nicht so rum! Ich will wissen, was los ist! Warum hast du es so eilig?"

Er: „Man muss für das Vergehen innerhalb von 3 Stunden an den vom Auto nächst gelegenen Parkautomat gehen und den dort angegebenen, wesentlich niedrigeren Strafbetrag einwerfen. Dann erhält man eine Quittung, die man mit seinem Strafzettel in den Umschlag steckt und dann alles in einen dort angebrachten Kasten wirft. Dann ist alles erledigt. Das Problem ist für uns jetzt nur: Schaffen wir das noch innerhalb der Dreistundenfrist?"

Sie: „Wir haben noch 25 Minuten!"

Er: „Das schaffen wir noch! Ich muss allerdings etwas auf die Tube drücken!"

Sie: „Hier ist Geschwindigkeitsbegrenzung, das weißt du doch!"

Er: „Darauf kann ich jetzt keine Rücksicht nehmen."

Sie: „Du fährst ja mindestens 60 km/h!"

Er: „Jetzt hänge ich hinter einem halbeingeschlafenen Spanier, der penetrant 30 km/h fährt. Der reagiert noch nicht mal, wenn ich hupe!"

In der Stadt.

Sie: „Findest du denn den Parkplatz wieder?"

Er: „Ich gebe mir alle Mühe! Aber mit dem undurchschaubaren Einbahnstraßensystem ist das gar nicht so einfach!"

Nach einigen Umwegen erreichen sie endlich den richtigen Parkplatz. Zum Glück ist der vorher von ihnen benutzte Stellplatz frei, so dass sie an derselben Stelle wie vorher parken können.

Sie: „Noch 10 Minuten!"

Er: „Ich habe die nächst gelegene Parksäule schon entdeckt. Sie ist höchstens 30 m entfernt!"

Sie: „Dann schaffen wir es noch in der Zeit!"

Beide laufen zur Parksäule. Für die Übertretung wird dort ein Betrag von 8,20 € in passenden Münzen verlangt.

Er: „Das ist ja noch mal gut gegangen!"

Sie: „Ich habe es nicht passend! Ich habe gar nicht so viel Kleingeld und Scheine nimmt der Automat nicht an!"

Er: „Auf der anderen Straßenseite ist ein Café. Vielleicht wechselt uns der Besitzer Geld!"

Sie hasten auf die andere Straßenseite. Der Besitzer ist sehr freundlich und wechselt einen Schein in Münzen. Sie rennen zurück über die Straße.

Zwei Polizisten, die sie übersehen haben, stehen auf der anderen Straßenseite und halten sie auf.

Die Polizisten sind sehr freundlich, weisen auf den 20m entfernten Zebrastreifen und ermahnen sie, in Zukunft diesen zu benutzen, diesmal würden sie von einer kostenpflichtigen Verwarnung absehen.

Er: „Jetzt ist es eindeutig zu spät für unser Bußzettelchen. Dann müssen wir eben 40 € oder sogar 80 € zahlen! So ein Mist!"

Sie: „Siehst du, was ich sehe?"

Er: „Das gibt es doch nicht! Da hängt ja schon wieder so ein vermaledeiter Briefumschlag an der Windschutzscheibe!"

Sie: „In der Eile haben wir eben auch keinen Parkschein gelöst!"

Er: „Dann können wir das Bezahlen von Bußgeld jetzt mal üben. Und das Beste ist, dass wir kein Geld mehr zu wechseln brauchen!"

Bleibt noch nachzutragen, dass einige Zeit später ein Strafmandat von 150 € zugestellt wird wegen Überschreitung der Höchstgeschwindigkeit auf der Küstenstraße.

Bibliografische Information der Deutschen Nationalbibliothek
Die Deutsche Nationalbibliothek verzeichnet diese Publikation
in der Deutschen Nationalbibliografie;
detaillierte bibliografische Daten sind im Internet über
www.dnb.de abrufbar

© 2018 Johann Henseler

Herstellung und Verlag: BoD - Books on Demand GmbH,
Norderstedt

ISBN: 9783746056043